冒険者になりたいと都に出て行った娘がSランクになってた
10
門司柿家
MOJIKAKIYA
toi8
ILLUSTRATION
MY DAUGHTER GREW UP TO "RANK S" ADVENTURER.

PERSONS

登場人物

【異名（？）：赤鬼】
若い頃に夢破れ
故郷に戻った元冒険者。
過去を清算するため
旅に出るようになる。

【異名：黒髪の戦乙女】
ベルグリフの娘で
最高位Ｓランクの冒険者。
お父さん大好き。

アンジェリンとパーティを組む
弓使いのＡＡＡランク冒険者。
３人のパーティでまとめ役を務める。

魔法が得意なＡＡＡランク冒険者。
アンジェリンたちと
パーティを組んでいる。

【異名：天蓋砕き】
ベルグリフの元仲間の一人。
冒険者に復帰した
Ｓランクの大魔導。

【異名：覇王剣】
Ｓランク冒険者である凄腕の剣士。
ベルグリフの元仲間の一人で
時を経て和解することが出来た。

ベルグリフの元仲間で、
メンバーの紅一点。
アンジェリンの母親であることが発覚し
ベルグリフとも夫婦の関係となる。

STORY あらすじ

皇太子ベンジャミンが偽者であること、
そして偽皇太子を含む黒幕たちが
サティを狙っていることを知った一行は彼女を救うため、
それぞれ行動を開始する。

しかし、その後偽ベンジャミンたちのもとへと
一人で会いに行ったアンジェリンは
彼らの卑劣な罠により異空間へ囚われてしまう。
異空間に囚われたアンジェリンとサティを救うため、
奔走するベルグリフと仲間たち。
一方囚われた２人は、自力での脱出を目指し黒幕と対峙する。

次第に追い詰められる２人のもとに
間一髪で辿り着いたベルグリフたち。
勢揃いした仲間達と共闘し、ついに黒幕を
追い詰めたベルグリフとアンジェリンは

「えへへ……わたしたちの勝ちだ！　祝杯だ！」

陰謀を打ち破り、一同を引き連れて再び故郷トルネラへと帰るのであった。

MY DAUGHTER
GREW UP TO
“RANK S”
ADVENTURER.

トルネラ
北関所・ヘイリル
北部交易ルート
エリン
東部交易ルート
ティルディス
ベナレス
東関所・ヨベム
アステリノス

MY DAUGHTER GREW UP TO "RANK S" ADVENTURER.
WORLD MAP
エルフ領
古森
ロディナ
ヘイゼル
ボルドー
シド
エルブレン
ガルダ
オルフェン
公都エストガル

CONTENTS

第十章

MY DAUGHTER
GREW UP TO
“RANK S”
ADVENTURER.

一二五　枯れた木にほんの少しだけ

枯れた木にほんの少しだけ葉っぱが残って揺れていた。しかしそれもやがて重力に負けたように枝からふっつりと落ち、ひらひらと地面に落ちた。辺りに満ちているセピア色の光は何処かあせたように薄暗く、地面はひび割れて、家はすっかり傾《かし》いで崩れかけていた。

ざくざくと地面を踏む音が大きくなった。白いローブを着た男が荒れ果てた庭先に立ち、辺りを見回した。

「……契約は切れた筈《はず》だが」

呟いた。そうして庭先をゆっくりと歩き回る。

枯れて崩れた残骸ばかりの菜園を眺め、木の柵を足で軽く蹴る。柵は根元が腐っていたようで、ほんの少しの力で簡単に倒れ、崩れた。

男は何かを探すような足取りで庭先から廃墟の中まで歩き回り、それから家の裏手の方に回った。

裏手の奥の方には枯れた林があり、その手前に墓らしい石が置かれた所があった。男はその前に立ち、しばらくそれを見下ろしていた。

「ふん……詰めの甘い奴だ」

男は石の上に手をかざす。手の平に淡い魔力の光が灯ったと思うや、墓石がぼろりと崩れて、その下の地面がぐらぐらと揺れ始める。

やがて男の手に向かって、砕けた木の枝の破片が幾つも地面から飛び出して来た。

男はそれを受け止めてしげしげと眺める。林檎の枝のようだった。しかしそれは幾片もに折れて砕けて、元の形は残っていないように思われた。

「凄まじいな。残骸だけで空間を維持するだけの力を秘めているとは」

男は枝の残骸を両手で包むと、目を伏せて口の中で何か詠唱を始めた。

長い呪文だった。魔法学の発達によって呪文の短縮や省略が発達した現代においては珍しい。古い時代の魔法のようだ。

男の手が一際大きく輝いたと思ったら、指の隙間から枝がするりと伸びて、先端が二つに分かれた。そしてその先端にぷっくりと芽が膨らむと、青々とした葉が広がった。

「破壊した、と思ったのだろうな」

枝は前腕程度の長さで、手に持つとタクトのようだった。男が軽く振ると空間が小さく振動した。

「……力の補充が必要だな」

男が木の枝を懐にしまうと、その姿は陽炎《かげろう》のように揺れて消え去った。すると、残されたセピア色の空間は歪み出し、ついには溶けるようにして崩れ、真っ暗な闇だけが残された。

外はまだまだ雪で白く染まり、おちこちの風景も降る雪でけぶってはいたが、凍り付くような寒気というよりは、どこか穏やかで温かみすら感じるような冬の朝だ。

朝の散歩兼見回りから戻って来たベルグリフは、外套に付いた雪を払い落として家に入った。出かける時にはまだ眠っていた面々も起き出していて、家の中は賑やかに活気づいていた。

「ただいま」

「はーい、おかえり」

と暖炉の前で鍋をかき混ぜていたサティが微笑むと、何だか今でも不思議な気分がする。

マントを壁にかけたアンジェリンが嬉しそうにサティに駆け寄った。

「今日もさむさむ……シチュー？」

「そうだよ。毎朝頑張るねえあなたたちは」

サティはくすくす笑って鍋の蓋を閉めた。アンジェリンがふんすと胸を張る。

「今度はお母さんも一緒に行こうね」

「ふふ、いいよ。その時はベル君に朝ご飯は任せようかな」

サティに見られ、ベルグリフは肩をすくめた。

帝都までの長い旅の間に、新居は殆ど完成に近い所にまで漕ぎつけられていた。

グラハムの話によると、冬が来る前にと大工たちが張り切ってくれたのだそうだ。それだけでなく、最初の予定になかった部分も建て増しされていたりして、この大所帯でも無理なく過ごせるくらいのスペースがきちんとあった。

家の中の賑わいを眺めると、広い家になっていて本当に良かった、とベルグリフは思った。

暖炉のある土間部分にテーブルを置いて、食卓はその辺りになっている。料理をするのも同じ場所である。

すっかり髪の毛が伸びて来たシャルロッテがパン生地をこね、そのシャルロッテと同じくらいの背丈になったミトが同じようにそれを手伝う。

上げて木を張った床には毛皮が敷かれていて、秋祭りの時に行商人から買ったというクッションが雑多に置かれている。そこにパーシヴァルが座り、チェスの盤面を挟んでヤクモと向き合っていた。それをカシムとルシール、マルグリットが眺めながら、一手毎にあれこれと茶々を入れている。

その傍らにはグラハムが座り、執拗にビャクに絡むハルとマルの双子を眺めていた。

アネッサとミリアムは暖炉の前で火の様子を眺めながら、焚き付けを割ったり鉄板に付いた灰を落としたりしている。

「……賑やかになったなあ」

ア・バオ・ア・クーの魔石を預けたヤクモたちは首尾よく冬前にトルネラに辿り着く事が出来、以降はこの家に留まって春を待っている状態である。ダンカンはちゃっかりハンナの家に移って暮らしているらしい。

帝都の大冒険からトルネラに戻って来てもうひと月以上が経つ。賑やかなこの生活にも慣れて来て、前からこうだったような気がするくらいだ。

火の管理も食事作りも自分一人でしていた仕事なのだが、今ではそれをしてくれるのが沢山いて、ベルグリフは手持無沙汰である。何となく物足りない気分で椅子に腰を下ろし、パン生地を成形するシャルロッテとミトを眺めた。

ほんの半年ばかり見なかっただけなのだが、二人とも少し大人びたような顔つきになっていた。背も少し伸びたように見える。成長の早いミトは仕方がないにしても、シャルロッテもそうだとは、子供の成長というのは侮れないなと思う。

見られているのに気付いたのか、シャルロッテが顔を上げた。

「どうしたの、お父さま？」

「いや、何でもないよ。上手にできるようになったと思ってね」

「えへへ、そうかしら……でもお母さまも料理が上手ね。話に聞いてたのと全然違うわ」

「ああ、俺も驚いたよ。あのサティがなあ……昔は本当にレパートリーがなかったんだが」

「ちょっとちょっと、そういう事を言いふらさないで頂戴よ、まったく」

サティが頬を膨らまして振り向いた。

シャルロッテが言うように、サティの料理の腕は目に見えて上がっていた。最初にサティが夕飯を作るという時に、パーシヴァルとカシムが「できるのか、できるのか」と散々はやし立てたが、出て来たのはきちんとしたシチューだった。これもごった煮のうちだと二人は負け惜しみを言ったが、どちらもお代わりするくらいにうまかったのは間違いない。

その後の食卓にはシチュー以外にも焼き物やパン包みなど、種々の料理が出て来て、今度はパーシヴァルとカシムの方が「おいしい？　どんな気分？」とサティに煽られる羽目になっていた。サティの料理がうまい。

何だか、それだけで時間が経った事を実感した。

四人が四人、それぞれに色々な時間を過ごし、またこうやって集まる事ができた事を、ベルグリフは事あるごとに嬉しく思った。

賑やかな朝食を終え、片付けまで終わった。

子供たちが張り切って手伝うので、やはりベルグリフはする事がない。しかし出しゃばっても仕様がないと大人しく後ろに下がり、いつもの冬仕事である糸紡ぎの道具を取り出した。

チェスの勝負を終えたらしいヤクモがやって来て、椅子に腰かけた。

「春が待ち遠しいのう。ベルさんよ、こう家に籠ってばかりじゃ体がなまりやせんか？」

「一応毎朝体は動かしているけどね。元々俺は戦いが本業じゃないから」

「……儂《わし》はそれが未だに信じられんが、そうやって糸を紡ぐのを見るとそういう気もするのう」

ヤクモは椅子の背にもたれて、ベルグリフの手元を眺めた。スピンドルがくるくると回り、ベルグリフが羊毛をつまんだ指先を離す度に、その間に糸が生まれて行くようだった。

「やってみるかい？」

「いや、儂はそういう細かいのは性に合わん」

ヤクモは苦笑しながら大きく欠伸をした。

「それにしても賑やかじゃわい……この家の連中だけで龍も魔王も倒せるっちゅうのが恐ろしい話

じゃが」

「そう？　だって『大地のヘソ』じゃ……」

「あそこはそういう場所だからじゃ。こんなダンジョンもない北の辺境にSランクが四人も詰まっとるなんぞ普通じゃないわい」

「そうかな……そうかもな」

考えてみればおかしいような気もするが、一人は自分の娘だし、三人は友達だ。高位ランク冒険者だろうが、戦いの場でなければ人並みに笑い、悲しみ、それぞれの生活がある。きらびやかな表の顔ばかりがすべてではない。

パーシヴァルが首を回して唸った。

「籠りっぱなしは性に合わねえな。体が硬くなる」

「何言ってんだい、『大地のヘソ』にずっと引き籠ってた癖に」

「ありゃ引き籠りとは言わねえよ、馬鹿」

「いや引き籠りだろ。なあ、ルシール？」

マルグリットが言うと、ルシールも頷いた。

「おじさんはお外が怖かったもんね」

「……よし分かった、お前ら喧嘩売ってるな？　買ってやるから表に出ろ」

「よっしゃ、いいぜ！　ひと暴れしたい気分だったんだ！」

「ぼーんとびわぁい、べいべ」

パーシヴァルにマルグリット、ルシールにカシムも連れ立ってぞろぞろ出て行った。それを見ていたハルとマルの双子がきゃあきゃあ騒いでビャクやグラハムの服を引っ張った。

「みんな行っちゃう！」

「行こうよ行こうよ、ビャッくんもじいじも」

「このクソ寒いのに……おい、引っ張るなっつーの、行けばいいんだろ、行けば」

ビャクはうんざりした表情で外套を羽織り帽子をかぶる。ミトが駆け寄って自分の防寒着を手に取った。

「ぼくも行く」

サティがくすくす笑った。

「お兄ちゃんは大人気だね」

「誰がお兄ちゃんだ……お前はどうすんだ」

もじもじしていたシャルロッテは視線を泳がした。

「えっと、行こうかな。お手伝い終わったし……」

そう言ってちらりとベルグリフの方を見た。ベルグリフは微笑んで頷いた。

「いいよ、行っておいで」

「え、えへへ。行って来ます！」

シャルロッテも嬉しそうに帽子をかぶり、コートを羽織る。

「……だから引っ張んじゃねえよ。おい、ちゃんと着ろ。暴れんな」

ビャクははしゃぎ回る双子に防寒着を着せた。

「じいさん、行くぞ」

グラハムは頷いて双子を連れたビャクと一緒に出て行った。ミトとシャルロッテも一緒に付いて行く。

ミトとシャルロッテの成長も目覚ましいけれど、ビャクも随分丸くなったものだな、とベルグリフは思った。まだつっけんどんな態度を取るし、言葉遣いも荒いけれど、あんな風に子供たちの面倒はよく見ているし、さりげなく他人を気遣ったりもしている。サティに対しては照れがあるのか、何となく態度がぎこちなくはあるが、それもいずれ和らいで行くだろうと思われた。

ミリアムがそっとアンジェリンに耳打ちする。

「どうするアンジェ。ビャッくんの方がお兄ちゃんっぽいぞー」

「ぐぬ、むむむ……まだ挽回の余地あり。お父さん、わたしも行って来る！」

「ああ、お父さんは留守番してるよ。子供たちを頼んだぞお姉ちゃん？」

「任せて……！　アーネ、ミリィ、行くぞ」

「えー、わたしたちもー？」

「まあ家の中にいてもな。ついでに昨日仕掛けた罠、確認して来ようか」

三人も外套を羽織り、足早に出て行った。

なんだか矢継ぎ早に皆が出掛けて行き、家の中が途端に静かになった。食器を片付けたサティが薬缶を手に取った。

「やれやれ、静かになったね。お茶飲む？」

「ああ、もらおうかな。ヤクモさんは」

ヤクモは大きく伸びをして立ち上がった。

「うんにゃ、儂も体を動かして来よう。新婚さんの水入らずを邪魔しちゃ悪いしのう」

「いや、別にそんなの」

「遠慮するでない。こんな大家族じゃ夫婦水入らずも中々あるまいて」

ヤクモはそう言って笑いながら出て行った。広い家の中に二人だけになってしまって、ベルグリフとサティは顔を見合わせた。

「なんだろうね、一体」

「うーん……」

ベルグリフは苦笑して髭を捻じった。休憩しようと木の床に上がり、クッションを腰に当てる。サティがくすくす笑いながらお茶を淹れ、ベルグリフの横に腰を下ろした。

「夫婦ねえ……なんか違和感あるね」

「そうだなあ」

もし人間関係に過程があるならば、それを随分とすっ飛ばしているのである。なし崩しにそういう事になってしまったけれど、もちろんベルグリフにもよく分かっていない部分は多い。勿論見合い婚に比べればそれなりに段階は踏んでいるのだろうけれど。

お茶を一口すすったサティは、もそもそとベルグリフの方に体を寄せて、その肩にぽんと頭を乗せた。

「よく分からないけど、こういうのは心地いいよ、わたし」

「うん」

ベルグリフはそっとサティの頭に手をやった。再会した時は汚れて乱れていた髪の毛も、今はさらりとして絹のように柔らかい。手櫛を入れると何の抵抗もなく指の間でほどけた。

サティはくすぐったそうに身じろぎして、少し不満そうに頬を膨らました。

「なんかアンジェにするみたいだぞ、ベル君」

「え、そ、そうかい？」

「すぐにお父さんになっちゃうんだから……そうだ」

不意にサティはぐいとベルグリフを引っ張った。

「な、なんだなんだ」

「いいから」

ベルグリフはされるがままに寝かされた。頭の下にはサティの太ももがあった。ほっそりした指先が彼のごわごわした赤髪を揉んだ。

「むふふ、膝枕。どうかねベル君、甘やかされる気分は」

「……なんかこう、照れるな」

「もー、あなたは可愛いなあ」

サティはむふむふと笑いながらベルグリフを撫でた。ベルグリフは困ったように頬を掻いた。

「楽しいかい？」

「うん、とっても。ふふ、あなたはこういうの慣れてなさそうだね」

「どっちかっていうとする側だったからな、俺は……」

「やっぱりね。アンジェのあの様子じゃ、甘えるよりも甘えられる方が得意かな？」

「得意も何もないよ」

ふあ、とベルグリフは大きく欠伸をした。サティが面白そうな顔をしてそれを覗き込む。

「寝てもいいよ？」

「いや、そうもいかないよ。誰か来たら恥ずかしいし……」

「それもそうか。でも前みたいに村の人がいっぱい来るのも落ち着いたね」

トルネラに戻ってからひと月ばかり、ベルグリフがエルフの嫁を連れ帰ったという噂は、狭いトルネラではたちまち広がった。それで噂の嫁を一目見ようと村人たちが暇を見ては土産を携えて遊びに来ていたのである。

あれこれと質問攻めにされ、嫁を探す旅だったのかと冷やかされ、ほとほと疲れ果てたベルグリフだったが、あまり嫌な気もしなかった。

結果的にそうなってしまったのは間違いないし、サティや双子を村人たちがすんなりと受け入れてくれた事にも安堵する気持ちの方が強かった。その為なら、自分が冷やかされるくらい何という事もない。

いい加減で起きようと体を動かしたら、サティに抑えられた。

「そんなに焦る事ないじゃない。耳かきしてあげるよ。ほら、横向き横向き」

「いや、ちょっと」

「ふっふっふー、観念したまえー」

サティはけらけら笑いながら、どこから取り出したのやら耳かき棒を片手に張り切っている。

こうなっては自分に拒否権はあるまい。ベルグリフは大人しくサティの膝の上に頭を乗せたまま、耳奥のくすぐったさに目を伏せた。

○

弓を担ぎ直したアネッサが白い息を吐いた。

「じゃ、わたしは森に行って来るけど」

「んー、じゃわたしも。アーネ一人じゃ心配だし」

「よく言うよ。アンジェはどうする？」

「わたしは子供の面倒を見るのだ……お姉さんだもん」

胸を張るアンジェリンに二人はくすくす笑い、連れ立って森へと歩いて行った。

アンジェリンは辺りを見回す。雪は降っていたが、淡く、まるで春先の雪のように穏やかだった。

それでも柔らかく地面に降り積もり、朝に雪かきをした筈なのに、もう足跡が残るような具合だった。

広場には既に子供たちが走り回っていて、中々機会のない冬の外遊びに全力を尽くしているという風に見えた。自分もああして走り回っていた頃があったっけ、とアンジェリンは何となく不思議な心持でそれを眺めた。

「……気を利かしたつもりじゃねえが、何で皆してついて来てんだ」

ぞろぞろと後をついて来た面々を見回して、パーシヴァルが呆れたように腕組みした。カシムがからから笑う。

「ま、いいんじゃない？　たまには二人っきりにしてやんなきゃ」

「別にそういうつもりじゃなかったんだがな」

ルシールが六弦をちゃらんと鳴らした。

「ふぃーらいか、なちゅらるうぉまん」

「……なんだって？」

「ベルさんの前なら、サティさんも女の子」

「……まあいいや。おら、かかって来いマリー。片手だけで相手してやるよ」

パーシヴァルは手に持った木剣をマルグリットに向けてくるくる回した。マルグリットはふんと鼻を鳴らしてパーシヴァルを睨み付けた。

「舐めやがって、コノヤロウ。吠え面かくんじゃねえぞパーシー！」

そうして滑るようにパーシヴァルに肉薄し、鋭く木剣を振るった。涼しい顔をしたパーシヴァルがそれを受け止め、木と木のぶつかる乾いた音が雪の合間を縫って響いた。

「やー、張り切っちゃって……どうだいじーちゃん。姪孫の成長は」

「思慮深くはなったようだが……」

「へっへっへ、厳しいねえ。けど剣は中々だね。パーシー相手に頑張ってるじゃない」

「アンジェリンにも勝てないのならば、パーシヴァル相手はまだ早かろう。かなり手を抜かれている」

「ま、パーシーが本気出せる相手なんてじーちゃんくらいしかいないんじゃないかねえ。で、じーちゃんの見立てじゃどうよ、あいつの実力は」

カシムが言うと、グラハムは目を細めた。

「……手加減は難しい。敵であったなら、あまりまともに戦いたくはない相手だ」

「へへへ、〝パラディン〟にそういう評価をしてもらえるのは凄いな」

笑うカシムの服を、音もなく近づいて来たアンジェリンが引っ張った。

「カシムさん……」

「ん？　なに？」

「あのね……」

アンジェリンに言われた通りにカシムがひょいひょいと指を振ると、雪が四角い塊になってあちこちに積み重なり、短い壁のようなものが出来上がった。

「これでいいの？」

アンジェリンは頷いた。その後ろにいた子供たちがわあわあと嬉しそうに騒ぐ。

「ありがとー、カシムさん」

「じんちだー」

「すげー」

子供たちは大はしゃぎで雪の壁の強度を確かめたり、雪玉を当ててみたりしている。雪合戦をしようという腹積もりらしい。

「ついすてん、しぇいく、べいべー」

どうやって上ったのか、ルシールが六弦をちゃらちゃら鳴らしながら、軽い足取りで雪の壁の上を歩いて行く。子供たちが笑いながら雪玉を放るが、ルシールはひょいと避けてしまう。

ミトがむんと胸を張って子供たちに言った。

「みんな集まって。ちゃんとじゃんけんで分かれて、雪玉が当たった人はあっち」

「どうすんだ？　雪玉何回？」

「腕とか足じゃ死なないもん」

「じゃあ体か頭に三回当たった人はあっち」

子供たちは子供たちなりにルールを考えているらしい。年上らしい所を見せようと子供たちの周りで右往左往していたアンジェリンだったが、口を挟むタイミングを逃して結局黙って見るだけになっている。

やがて雪合戦が始まってしまったので、アンジェリンは諦めて距離を取り、子供たちが怪我しないように見守った。

しかしカシムの作った雪の壁はあるし、雪玉は硬いわけでもないし、そもそもアンジェリン以外にグラハムもカシムも見ているし、自分の出る幕があるのかどうだか分からない。

隣にやって来たヤクモが、白い息を吐きながらぶるりと体を震わした。

「はー……寒いのう……子供は元気じゃわい」

「出番がない……お姉ちゃんの威厳が……」

「なんじゃそりゃ。んなもん気にせんでも勝手に出るじゃろ、Sランク冒険者なんじゃから」

「違うの、なんかこう……違うの」

雪合戦の渦中で双子や小さな男の子たちにまとわりつかれているビャクを見ながら、アンジェリンは口をもぐもぐさせた。ああいう遊びの時は、子供たちは年上の男の子に懐くものらしい。いいんだ。こうなったらビャッくんに良い格好をさせてやろう。わたしは心の広いお姉ちゃんなのだ。

アンジェリンはそういう風に自分に言い聞かせた。弟の顔を立ててやるのも、できた姉の証左ではあるまいか。

そう考えると、あえて手を出さず遠巻きに子供たちを見守る今の立ち位置も、何だかベルグリフのようでカッコいいではないか、とアンジェリンは高揚して来た。別に雪合戦で強い所を見せたりしなくたって、アンジェリンが見ているというだけで安心している子たちもいる筈である。

お父さんが後ろで見ていてくれるだけで安心する。それと同じだ。これはカッコいいぞ。

「……うむ」

納得したように一人で頷いているアンジェリンを見て、ヤクモが怪訝そうに目を細めた。

「何を考えておるんじゃ？」

「わたしはお父さんの娘だという事……」

「……儂はおんしの事が未だによう分からんわい」

ヤクモは諦めたように懐に手を入れて煙管《キセル》を取り出したが、煙草を切らしてしまった事を思い出したらしい、悲しげに眉をひそめて元通りに煙管をしまった。

子供たちの方は雪合戦が一応の決着を見せたらしく、一か所に集まって何やら話している。しかし一回戦くらいでは終わるまい。

さて、では見守るのだとアンジェリンが腕組みし直した時、不意に雪玉が飛んで来てアンジェリンの頭に当たった。雪玉は砕けて髪の毛にまとわりつく。ヤクモがおやと目をしばたたかせた。

「避けんとは珍しいの」

「……避けるまでもない。わたしはクール」

殺気も威力もない弱い雪玉に油断したとは言いづらかった。

向こうで子供たちがきゃっきゃとはしゃいでいる。

「やった！　当たった！」

「どーだビャクにーちゃん！」

「ああ。その調子であいつを雪まみれにしてやれ」

子供たちに囲まれて薄笑いのビャクが立っていた。どうやら彼が子供らをけしかけてアンジェリ

ンに攻撃対象を移したらしい。ミトまで張り切って雪玉を手に持っていた。

「お姉さん、かくご。それー」

ミトの号令と共に子供たちの小さな雪玉が幾つも飛んで来た。ヤクモは「おお、おお」と言いながら着物の袖で雪玉を打ち払った。アンジェリンは小さく身をかわして目を細めた。

「おのれ弟たち……お姉ちゃんが教育的指導をしてやる」

アンジェリンは素早くしゃがんで雪玉を丸めると、小さな動きで真っ直ぐにそれを放った。雪玉はビャクの頭に直撃した。

「ぶッ――！」

ミトが目をぱちくりさせた。

「ビャッくん、大丈夫？」

ビャクは顔じゅうの雪を振り落とすと、猛然とアンジェリンに食って掛かった。

「てめえ、何しやがる！」

「ふん、お姉ちゃんを甘く見るからこうなる……」

「何がお姉ちゃんだ馬鹿が。その鼻っ柱ぶち折ってやんよ！」

ビャクは自分も雪玉を丸めて放り投げた。子供たちも呼応してさらに雪玉が飛ぶ。

「大変！　みんな、お姉さまを助けるわよ！」

それを見ていたシャルロッテたち女の子がアンジェリンに加勢し、パーシヴァルとの模擬戦を終えたマルグリットまで乱入し、雪合戦は場外にて第二ラウンド開幕となった。

パーシヴァルとカシム、ヤクモがそれを笑いながら眺め、グラハムも小さく笑みを浮かべていた。ルシールがかき鳴らす六弦の音が雪景色の中で厭《いや》に陽気に響いている。

一二六　雪は硬く凍っているが、少し掘ってみれば

雪は硬く凍っているが、少し掘ってみれば土に近い方は柔らかい。その土からほんの少しだけ新芽を出している草などを見ると、もう春が近いと感じる。

森の中を歩く時もそうだ。雪にまみれていかにも寒々しい木々の枝も、よく見てみれば先端や途中に新芽のつぼみを少しずつ膨らましている。やがて冬の分厚い雲が流れて雪が解け、陽の光をいっぱいに受けたそれらが瞬く間に森を緑に染め上げて行くのだ。

そんな頃になると、トルネラの村の中も騒がしくなって来る。

陽の射す日が増えるほどに、雪解けももどかしいというようにあちこちで農具の手入れの音が聞こえ、普段雪かきをしていて積もりが浅く、解けるのも早い畑には早々と鍬《くわ》が入れられる。

家では保存していた種芋を点検して選《よ》り分けたり、改めて豆や野菜の種の虫食いなどを確かめたりする。

まだまだ寒いけれど、その寒気の中に春の気配を感じると、トルネラの村人たちは俄然張り切り始めるのである。ある意味では、トルネラの春は早いといえよう。

ベルグリフの家はまだ畑始めには早い。誰かの畑を手伝ったりはするけれど、まだ自家菜園には

雪が残り、昨年の野菜の残渣《ざんさ》を片付けてもいない。どのみちここに野菜が植わるのはもう少し先の話なので、焦る必要もないのだが。

しかしだからといってベルグリフが暇というわけではない。する事は沢山ある。主に森や山に入り込んで色々なものを採取したり、狩りをしたりするのである。

春先の森もまた秋とは違った恵みをもたらす。雪に包まれながら膨らみ始めた木々の新芽は柔らかく、茹でたり油で揚げたりするととてもうまい。刻んで粥やスープに入れてもいい。少し苦くて癖のある味だが、春先の苦味は冬の間に固くなった体が喜ぶ。

また、雪の下に埋まっている草では、根茎が食べられるものもある。わずかに顔を覗かせた新芽の部分を頼りにそれを掘り出し、煮たり焼いたりして食べる。熱を通すとほくほくしてこれも中々おいしい。

時には、鼠やなんかが保存の為に土の下に埋めた、小さな芋のようなものを見つける事もあった。鼠が埋めたまま忘れたのか、それとも後で掘りに来るつもりなのかは解らないが、そういう時にはベルグリフは少しばかりその芋を拝借し、代わりに弁当に持って来たパンの欠片などを埋めておいてやるのだった。

冬眠から目覚めた獣たちは痩せているから、この時期は大物の狩りはしないけれど、南の方から渡って来た鳥の中ではでっぷりと肉付きがよく、食べ応えのあるものもあって、そういう鳥を狙う事もあった。

まだ緑というには真っ白な森の中を、雪に照り返す木漏れ日に目を細めながら、子供たちの一団がぞろぞろと列になって歩いて行く。

一団の殿《しんがり》にはベルグリフがおり、先頭を行くのはミトである。何故かルシールも交ざっていて、面白そうな顔をして雪の中をざくざく歩いている。

ルシールが鼻をひくつかせた。

「すめるらいかすぷりん」

「ん？」

「昔の人は言いました。春は枝頭にありて十分十分いい匂い」

「はは、そうだね」

ベルグリフは笑って頷いた。まだ雪で真っ白なのに、膨らみ始めた枝先のつぼみを見ると何よりも春を感じる。

雪の下に石や木の根などがあるので、おっかなびっくりといった足取りではあるが、子供たちは皆、普段は入らない雪のある森に興奮気味だった。

「すごいなあ、こんな森はじめて」

「ほら、よそ見しちゃだめ」

「そっちすべるぞー」

「きゃー」

「おう、でんじゃらす」

滑って雪の上に倒れた子供を、ルシールが立たせてやった。雪がクッション代わりになって、転んでもそれほど痛くはないが、転んでばかりでは中々歩が進まない。

皆木の棒を片手に持って、杖代わりに体を支えている。雪で足を取られる場所では、足以外に支えのある方が歩きやすい。それでももちろん体幹の甘い子供たちはよく転ぶ。

ミトが振り向いた。

「お父さん、山までは行かない？」

「ああ。この時期は危ないからね。雪崩も怖いし、あまり奥までは行かないようにしよう」

山手の辺りの雪は冬の間どんどん降り積もって行くのだが、やがて冷たい大気に触れる上層部と、比較的暖かな下層部分とに温度差が生じて来る。すると下層の水分はゆっくりと蒸発し、しかし冷たい上層部分に触れるとそこで再び凍り付く。次第にそれが下層の雪を緩めて柔らかく滑りやすいものにし、上の部分を重く固いものにする。そうしてその上に雪がさらに降り積もって行くと、ある時雪崩を引き起こしたりするのだ。

トルネラの村の中で過ごしていて、時折山の方から大きな音が聞こえて来る時がある。それは大概が雪崩の音だ。

村まで到達する事はないとはいえ、地響きのように腹の底を震わせる重い音は、心胆を寒からしめるには十分だ。子供たちも雪崩、という言葉を聞いて顔を青くしていた。ベルグリフはくつくつと笑う。

「この辺りは大丈夫だよ。でもちゃんとおじさんの言う事を聞くんだぞ」

子供たちは手を上げて「はぁい」と元気よく返事をした。

山では雪崩を引き起こすこれらの雪も、森の中や低地の辺りでは危険はない。むしろ下層の雪が柔らかくなる事で小動物たちが活発に動き回る事ができるし、何より春の野草たちが雪の下で芽を出しやすくなる。雪の布団に守られた新芽たちは、そこでじっと春の訪れを待っているのである。

そう考えるとそれを掘り出して食べてしまうのは悪いような気もしたが、人間が食べなくとも野鼠などの小動物が食べてしまう事も多い。それなのに食べつくされる事もなく、植物たちは毎年伸びて地面を覆う。

皆生きる為に頑張っている。人間がどれだけ頑張った所で、野草の新芽を根こそぎにする事はできない。それだけトルネラ周辺の自然は豊かなのである。

ある程度森の奥に入り、木々のまばらな所を選んで子供たちに雪を掘らせた。

硬い雪も上さえ除ければ下に行く程に掘りやすくなる。やがて土が見えるとジッと目を凝らし、ほんのわずかに覗いている草の新芽を見つけて、根茎を掘り出すのだ。

まるで宝探しのような作業で、子供たちはたちまち夢中になって新芽探しに没頭した。あちこちで「見つけた！」という声が聞こえ、雪や土を掘る音がする。段々と手袋が邪魔になって、赤く冷たくなった手に根茎や木の芽を握りしめてにこにこしている子もいる。

掘り出した土まみれの根茎を、ミトが背負い籠に放り込んだ。

「大きいの採れた」

「ああ。もう少し採ったら帰ろうか」

「うん」

ミトは張り切ってスコップを握り直す。首にはグラハムが作った赤い魔石のペンダントがぶら下がっていた。まだ詳しくは聞いていないが、これがミトの体内に渦巻く魔力を何らかの形で制御しているらしい。

ふと、ルシールが鼻をひくつかしてベルグリフの服を引っ張った。

「何かいるよ、ベルさん」

「ん？」

ベルグリフは目を細めて辺りの気配を窺う。確かに何かがわずかに動くような気配がした。魔獣ではないようだ。魔獣ならばもっと刺々しいものを感じる筈である。

しばらく辺りを見回していたベルグリフだったが、ハッとして子供たちを呼び集めた。全員いる事を確認し、そっと口元に手を当てる。子供たちは緊張気味に表情を強張らせて、恐る恐る辺りを窺っている。

「どうしたの、ベルおじさん？」

「こわいのがいるの……？」

「静かに……ほら、あっち」

子供たちはベルグリフの示す方に目をやり、目をぱちくりさせた。

離れた木立の中にある雪の中から、黒い二つの耳が覗いていた。ミトがそっとベルグリフの手を握った。

「お父さん、あれ、なに？」

「熊だ。冬眠から覚めたんだろうな。まだちょっと早いんだが、せっかちな熊もいたもんだね」

熊の目覚めを見ると、ベルグリフはより強く春を感じた。熊はゆっくりと雪の中から姿を現し、まだ寝ぼけたような様子で伸びをするように這い上がって来る。

森には魔獣もいるが、それ以上に野生の動物たちが暮らしている。冬の間に息を潜めていた彼らも、きちんと春の気配を感じて目を覚ます。おそらく何百年も昔から、ずっと同じなのだろう。

「戻ろうか。離れた所でお昼にしよう」

ベルグリフはそっと子供たちを促し、静かな足取りで元来た道を歩き始めた。木こりたちに熊の目覚めを伝えておかねばなるまい。

それにしても、子供たちにこんな光景を見せる事ができたのは嬉しい事だ。

そういえば、昔アンジェリンもこの光景を見てひどく興奮していたっけと、はしゃぐ子供たちを見ながらベルグリフは微笑んだ。

○

風はまだ冷たいが、太陽の光はもう春を感じさせる暖かなものだった。どこの家でもこのタイミングにと洗濯に精を出し、庭先には洗濯物がたくさんはためいた。

サティが鼻歌交じりにぱしん、と服の皺を伸ばしてロープに引っ掛ける。

脇にいるハルとマルの双子が次の洗濯物を手渡し、ロープはあっという間に洗濯物でいっぱいになった。

「いやあ、絶好の洗濯日和だねえ」

「人数が多いから大変ですよね」

洗濯籠を抱えたアネッサが苦笑交じりに言った。

「でももうすぐ春だねえ。北部の春は久しぶりだな」

「そっか、サティさんずっと帝都にいたんですもんね」

「季節を楽しむような状況じゃなかったけどね……あー、幸せだあ」

サティはくすくすと笑って空の洗濯籠を重ねた。双子も籠を一つずつ持って、それで家の中に運び込んだ。籠を置いた双子は、じれったそうに足踏みしてサティを見た。

「あそびに行っていい？」

「おてつだい、おわりだよね？」

「うん、いいよ。あ、でもあなたたちだけじゃ駄目だよ。誰か一緒じゃないと」

とサティは家の中を見回し、暖炉周りで何かもそもそやっていたビャクに声をかけた。

「お兄ちゃん、ちびっ子のお守り頼んでもいい？」

「誰がお兄ちゃんだ……」

「あら、嫌なの？」

「嫌とは言ってねえよ……ちょっと待ってろ」

「なにしてるんだ？」

籠を置いたアネッサが覗き込んだ。ビャクは無言で鍋を見せた。底の焦げ付きをこそげ落としているらしい。こんな事に気付いて一人で黙々と洗っているとは、とアネッサは何だか口端が緩むような心持だった。

「……ビャク、お前、働き者だな」

「あ？　馬鹿にしてんのか？」

「ビャッくん、ビャッくん、あそぼー」

「お外行って雪だるま作ろー」

「待てっつってんだろうが。触るな、煤《すす》が付く」

まとわりついて来る双子から鍋を守りながら、ビャクは顔をしかめた。

その時アンジェリンが帰って来た。腕まくりをして、額の汗を手の甲で拭っている。

「ただいま」

「おかえりー。くたびれたみたいだね」

「雪かきってこんなに大変なんですねー」

アンジェリンの後ろから入って来たミリアムは髪を束ねていて、いつもの分厚いローブではなく薄手のチュニック姿である。どうやら二人は外で雪かきをしていたらしい。

今日は銘々にあちこちに出かけている。

ベルグリフはミトやルシールを連れて村の子供たちと一緒に森に入っているし、マルグリットはヤクモと一緒に川に釣りに出掛けている。

アンジェリンとミリアムは、パーシヴァルとカシムと一緒に雪かきだ。

シャルロッテは羊の飼い方を覚えたい、とケリーの家に手伝いに行っている。

サティがはてと首を傾げる。

「パーシー君とカシム君は？　一緒じゃないの？」

「魔法と生身とどっちが早いか勝負だ、って凄い勢いで村の周りを雪かきしてる……村の皆が面白がって見物してるよ」

「カシムさんも凄いけど、雪かきシャベル一つでそれと張り合ってるパーシーさんも大概ですにゃー」

ミリアムがくすくす笑って水瓶からコップに水を汲んだ。サティが呆れたように額に手をやった。

「いい歳こいて何やってんだか、あの二人は……」

「仲が良くていいじゃないですか。誰かに迷惑かけてるわけじゃないし」

「ま、二人とも長い事鬱屈《うっくつ》してたみたいだからいいんだけど……ベル君みたいにもうちょっと落ち着けばいいのにね」

「……惚気《のろけ》てんじゃねえよ」

ビャクがぼそりと呟いた。サティはハッとしたようにわたわたと両手を振った。

「の、惚気じゃないよ！　だって実際そうでしょ！」

「まあ、そうですけど」

「でもサティさんが言うと、ねえ？」

「ちょっと！」

「むふふ……お母さん可愛い」

アンジェリンがにやにやしながらサティの後ろから抱き付いた。

「うぐ、おのれー……こら、どうして胸を揉む」

「……これを受け継がなかったのはなにゆえ」

アンジェリンは真面目な顔をしてサティの胸をふにふにと揉んだ。いつも体の線の見えないゆったりした服を着ているから目立たないが、かなりのボリュームだ。ヘルベチカやミリアム以上かも知れない。

アンジェリンはサティの肩に顎を乗せ、不満そうに口を尖らした。

「実の親子なのに……悔しい……柔らかい…………母性……」

「やめなさいってば。胸なんか小さくたってアンジェは可愛いんだから変な事気にしないの」

サティは苦笑しながらよしよしとアンジェリンの頭を撫でた。余裕だなあ、とアネッサが呟いた。

ビャクがイライラした様子で立ち上がった。

「デリカシーってもんがねえのかお前らは。ガキども、行くぞ」

「おー」

「行くぞー」

ビャクは双子を連れて出て行った。残った四人は顔を見合わせて笑う。サティは腕まくりをした。

「さて、お昼の支度をしなくちゃ。シャルはケリーさんの所で食べて来るかな？」

「うん、多分……」

「よしよし。ベル君たちはお弁当だから……」

「マリーとヤクモさん、魚釣って来るかにゃー？」

「どうだろうな。まあ、お昼には帰って来ると思うけど」

「取りあえずパン生地、丸めてくれる？」

「はーい、パン生地パン生地っと、うわあ！」

ミリアムが素っ頓狂な声を上げたので目をやると、木の床の方にグラハムがいた。多分ずっといたのだろう。地図を広げてそれをじっと眺めている。

「おじいちゃん、いたんだ……」

「完全に気配が……」

グラハムはちらと顔を上げたが、すぐにまた地図の方を見た。ここのところ彼は暇さえあれば地図を眺めていた。

気を取り直してパン生地を丸めながら、アンジェリンはグラハムの方を見た。グラハムは胡坐《あぐら》をかいて、床に広げた地図を見ながら時折指先で何かなぞるような仕草をしている。旅のルートでも決めているような様子である。

「……おじいちゃん」

グラハムは顔を上げた。

「最近ずっと地図見てる……」

「……いずれ相談しなくてはと思っていたのだがな」

「エルフ領に帰っちゃうの？　お父さんたちが帰って来たから……？」

グラハムは小さく首を横に振った。

「エルフ領に帰るわけではない。少し留守にする事にはなるだろうが」

「ミトの事ですか」

サティが言った。グラハムは首肯した。ミリアムが首を傾げる。

「ミトの？　魔力の話？　でもあの魔石のペンダントで」

「あれだけでは一時的に抑えるだけにしかならぬのだよ。魔石に溜まった魔力を何らかの形で消費せねばならぬ」

「でも、どうやって……？」

アンジェリンが言うと、グラハムは立ち上がって、棚から小箱を出した。何か魔術式らしい紋様が描かれている。開けると、手の平に収まるくらいの赤い宝石が入っていた。精製されているのかまん丸で、毬《まり》のようだった。

「それは……ミトのペンダントと同じ魔石？」

「うむ。これは同じ魔石から精製した片割れだ」

グラハム曰く、ミトの持っているペンダントはミトの魔力を一定以上にならぬように吸収する役割があるのだが、それだけでは魔石の魔力の容量がすぐに一杯になってしまう。その為、ペンダントを通して、こちらの魔力容量を増やす術式を刻んだ魔石に魔力を移しているらしい。

「つまり、その魔導球にはミトの魔力が入ってる、って事ー？」

ミリアムが言った。グラハムは頷いた。

「魔力の貯蔵庫のようなものだ。しかしそれにも限界がある。まだしばらくは大丈夫だが、いずれ一杯になればこの魔導球も耐えられまい」

「……人体を通さない本物の魔王の魔力ですからね。やっぱり規格外だなあ、ソロモンのホムンクルスは」

「うむ……」

「でも、それとグラハムさんが旅に出るのとどういう関係が？」とアネッサが言った。

「私も色々考えた。魔導球を利用してトルネラの結界を強化するか、それとも私の剣に埋め込んで利用するか、などとな」

「それは無理だったの？」

「無理だ。ミトの魔力の質は魔王のそれに近い。結界に利用すれば却って魔獣を引き寄せるし、私の剣とは相性が悪い」

確かに、グラハムの大剣は聖剣と呼ばれるほどに清浄な魔力に満ちている。ミト自身は邪悪ではなくとも、魔王に端を発する魔力では相性は悪いだろう。剣自身がそういうものを嫌っている事は、前回の旅の時点でアンジェリンにもよく分かっている。

しかし、それならばどうしたらいいのだろう、とアンジェリンは腕組みした。これではまたミトが望まぬ騒動を引き起こしてしまう事になる。

サティが気付いたように微笑んだ。

「なるほど、それを逆手に取るわけですね」

「気付いたか……そうだ。だからその場所を探している」

「逆手に？　あ、そういう事か……」

アネッサも気付いたらしい。アンジェリンとミリアムは顔を見合わせた。

「ミリィ、分かる……？」

「分かんにゃい……どういう事？」

「ほら、つまりその魔導球は魔獣を引き寄せるんだろ？　ダンジョンの核と同じって事じゃないか」

「あー、そっか！　放出する魔力量を調節すれば、いい感じのダンジョンを造る事ができるってわけか！」

ミリアムが納得したように頷いた。アンジェリンもほうほうと感心して目をしばたたかせる。

「つまりダンジョンの核にして……それで集まったり生み出されたりする魔獣を冒険者たちに倒してもらおう、って事だね？」

「うむ。冒険者にとってのダンジョンは採掘師の鉱山と同じだ。便の良い場所に設置できれば、十分に利益を生むだろう」

「その場所を考えてた、ってわけですか。となるとやっぱりオルフェンとか……ボルドーの近くでもよさそうだけど」

アネッサも地図を覗き込む。「わたしもー」とミリアムもその後ろに続く。

新しいダンジョンは自然発生する事がほとんどだ。場所を選んで意図的に造るなど聞いた事がない。しかしそれができるとすれば、最初からギルド側が把握した状態で安全にダンジョンが探索できるという事になる。ダンジョンの変容も逐一確認し続けられるなら安全度はより一層上がるだろう。

もしオルフェンの近くにもっと行きやすく、安定性のあるダンジョンがあったら、自分たちはもちろん、他の冒険者たちだって喜ぶだろう。

魔獣の素材の採取を考えれば、ダンジョンが最も効率が良い。薬草だって、ダンジョンの中で魔力の影響を受けて育ったものの方が効果も高いのだ。だからこそ冒険者という職業が成り立ち、今でも多くの者たちがそこに挑んでいるのである。

そんな事を考えると、アンジェリンも自然に高揚して来た。自分の弟の魔力でできたダンジョンなんて素敵じゃないか。

魔導球を設置する場所によってダンジョンの種類も変わるだろう。

森系か洞窟系か、はたまた城塞や廃村のような特殊なものか、いずれにしても想像するだけでワクワクして来る。

「新ダンジョン……わたしも」

「ちょ、ちょっとちょっと、パンを丸めてからにしてよ」

まだパン生地の欠片が付いたままの手で、こぞって場所選びに参加しようとする三人に、サティが焦ったような声を出した。

一二七　春告祭が近かった。麦畑の雪は解けて

春告祭が近かった。麦畑の雪は解けて薄くなり、少しずつ晴れる日が増え始めている。冬の間に研ぎ直された鋭くなった鍬が地面を穿ち、伸び始めた麦の葉が踏まれる。雪解け水が流れ込み始めた川は濁って水量を増し、しかし川岸の方はまだ氷が残っていた。

芋畑を耕して肥料を振りまき、再び混ぜる。植え付けはもう少し先だが、肥やしが土に馴染まなくては却って野菜を傷めてしまう。早めに土に混ぜ込んで置いておかなくてはならない。

空になった肥料籠を持ったアネッサがふうと息をついた。

「ため息なんかついてどーしたの？」

同じく肥料籠を抱えていたミリアムが顔を覗き込んだ。

「いや、もう少ししたらオルフェンに戻らないとと思ってさ。結構長く留守にしちゃったし」

「あー、そっか。それもそうだね……ねえ、アンジェ？」

傍らにいたアンジェリンも頷いた。

昨年の夏の初めごろにトルネラを発ち、途中で寄りはしたものの、オルフェンにはそれ以来だ。いくらギルドの方が義理立てしてアンジェリンに自由を保障してくれているとはいえ、あまり長い

不在は悪い気がする。

それに、アンジェリンたちだってオルフェンでの仕事の日々が恋しいような気もするのだ。オルフェンで想うトルネラの日々も恋しいものではあったが、ここは故郷のようなものであり、高位ランク冒険者である彼女たちの日常はあくまでオルフェンにある。ここでいつまでも遊んでいるわけにもいくまい。

アンジェリンは鍬にもたれた。

「……春告祭が終わったら、行商の人と一緒にオルフェンに行こっか」

「それがよさそうだな。グラハムさんもダンジョンの交渉でボルドーに行くんだし、丁度よさそうだ」

色々と話し合った結果、領主やギルドマスターとのコネもあるという事で、新しいダンジョンの候補地はボルドー周辺という事で考えられていた。

どちらかというとオルフェンの近くがいいなと考えていたアンジェリンだったが、良質なダンジョンは地域の経済の柱となる事もある。既に多くのダンジョンを管理下に置くオルフェンよりは、ボルドー家に利を回してやった方が、結果的にトルネラの為にもなるだろうという結論である。

その為、ここのところグラハムはミトに付きっきりで瞑想の修行をさせていた。ミトの魔力がダンジョンの核になる以上、魔力を上手く制御できる術を習得するに越した事はない、というグラハムの強い希望によるものだ。

いつものように子供たちと遊んだり、家の仕事を手伝ったりできなくなったミトは、初めこそ不満そうだったが、大好きなベルグリフやグラハムに諭されて、今は素直に修行に打ち込んでいる。

「あー、過ぎちゃったらあっという間だったなー。えへへー、楽しかったねー」

ミリアムがうーんと伸びをした。

思い起こせば大冒険であった。ティルディスを通り抜け、『大地のヘソ』でパーシヴァルに会い、帝都でサティを見つけ、ローデシア帝国の中枢に関わる所にまで首を突っ込む羽目になった。

それでもこうやって無事に故郷に戻って来られて、サティという母親までも交えた穏やかな日々を過ごす事ができたのは嬉しい事だった。

それでも、まだトルネラでやり残した事が一つだけある。今はまだ雪をかぶっているトルネラの山々が、赤や黄色に深く染まっている風景を想像し、アンジェリンは嘆声を漏らした。

「あれ、今度はアンジェがため息か」

「やっぱ帰りたくないのー？」

「違う」

アンジェリンは首を横に振って、それから酸っぱいものを含んだように口をすぼめた。

「秋の山に入ってね、採り立ての岩コケモモが食べたい……甘酸っぱくて、果汁がいっぱいあって……いくつだって食べられるの。でも実がつくのは秋……」

そう、ずっと焦がれている新鮮な岩コケモモにはまだありつけていない。今は春だ。秋に実をつける岩コケモモはどうあがいても味わえない。

アネッサがくすくすと笑った。

「こりゃ、また秋に里帰りかな……」

「たしか街道整備するんだよねー？　わたしも岩コケモモ食べてみたーい」

「うむ。秋祭りを目指して……ふふ」

春告祭もまだなのに、秋祭りの事を考えるなんて、とアンジェリンは何だか可笑しくなった。でも仕方がない。楽しみなものは楽しみなのだ。

「人生は楽しいね……幸せだね……」

向こうの方で鍬を振るうベルグリフを眺めながら、アンジェリンは呟いた。アネッサとミリアムは顔を見合わせてくすくす笑った。

「アンジェ、そんなお年寄りみたいな事言ってー」

「一区切りついたけど、まだこれから楽しい事はいっぱいあるぞ。感慨にふけってる場合じゃないって」

「うん」

アンジェリンは頷いて、そこいらを見回した。耕し終わって、肥料もまき終えてある。二人を促して、ベルグリフの方に歩いて行った。

「お父さん、こっち終わった……」

「おお、早かったな。三人ともありがとう。疲れたか？」

「ううん。まだまだ行ける。ね？」

アンジェリンが見返ると、二人は苦笑して肩をすくめた。

「いやあ、ちょっと……」

「さすがにくたびれたよー」

体力お化けのアンジェリンと後衛では差があるのも止むを得まい。

ベルグリフは笑ってアンジェリンを撫でた。

「相変わらず元気だな、アンジェは。でも陽も傾いて来たし、ぼつぼつ片付けしておこうか。農具をまとめておいてくれるか？」

「はーい」

陽は大分傾いて、辺りは西の山の長い影に包まれて暗くなり始めていた。

農具を片付けて家に戻ると、サティやシャルロッテたちが夕飯の支度をしていた。いい匂いの湯気が漂っている。サティがお玉を片手に振り向いた。

「あ、おかえりなさい。もうちょっと待っててねー」

お帰りと言ってもらえるのが嬉しくて、アンジェリンはにこにこしながら暖炉の方に駆け寄った。

「クリョウの実の匂いだ……もしかして羊肉？」

「うん、ケリーさんの所から羊肉を分けてもらったの。お手伝いのお礼だって」

シャルロッテが言った。アンジェリンはよしよしとその頭を撫でた。

「でかしたぞシャル……むふふ、嬉しい」

「お姉さま、これが好きなのよね。お父さまも！」

「ああ。楽しみだな」

「あとは魚釣り組の釣果次第だけど……アンジェ、火の番頼んでいい？　シャル、そっちの小鍋」

とサティが言いかけた所でマルグリットが帰って来た。ヤクモとルシール、それにビャクとハル、マルの双子を伴っている。

「大漁だぜ！　今日の晩飯は豪華だぞお」

マルグリットは自慢げにそう言って、たっぷりの魚が入った籠を床に降ろした。皆で川に釣りに行っていたらしい。双子も嬉しそうにきゃっきゃとはしゃいでいる。

「わたしもつったんだよ、おとーさん」

「でもね、すごく引いてね、ビャッくんが手つだってくれたの」

「そうかそうか。頑張ったな」

ベルグリフは双子を撫でながらはてと首を傾げた。

「グラハムとミトはいいとして……パーシーとカシムは一緒じゃないのか？」

「いや、知らねーぞ。なあ？」

「うむ。昼飯の後は見かけとらんのう」

「昔の人は言いました。働かざる者食うべからず。働いた人はお代わり何杯まで？」

「おんしは静かにしとれ」

体力と魔力はあるが筋力はないカシムと、鍬を振ったら地面がえぐれて柄が折れたパーシヴァルは早々に畑仕事を放棄した。てっきりマルグリットたちと一緒にいるものとアンジェリンも思っていたが、そうではないらしい。

「森に入ったのかな……？」

「かもな。山菜でも採ってるのかも……」

既に腹を割かれて内臓を出してある魚に塩を振り、熾火の上で炙っていると、扉が叩かれた。パーシヴァルたちが帰って来たのかと思ったが、違う声が「ベルさん、ベルさん」と言った。魚に串を通していたベルグリフは困ったようにアンジェリンに目をやった。

「アンジェ、すまん、出てくれるか」

アンジェリンが扉を開けると、村の若者が立っていた。子供の頃に一緒に遊んだ、アンジェリンも見知りの青年である。走って来たのか何だか息が上がっているように思われた。

「あれ、アンジェか。ベルさんは？」

「料理中だけど……お父さん」

「どうした、何かあったか？」

アンジェリンは手を拭いながらやって来たベルグリフと入れ替わった。若者は何かベルグリフに言付けした。ベルグリフはおやという顔をしたが、了承するように頷いた。

若者が去って行ってから、アンジェリンはベルグリフに話しかけた。

「どうしたの？」

「いや、寄り合いがあるから教会に来てくれってさ。ちょっと前に集会はしたのにな」

尤も、その時は共同の農作業の段取りや、肥料の割り振り、羊や山羊の放牧時期や、馬やロバによる耕耘《こううん》の順番などの確認が主立った事だった。昨年から始めたルメルの木の圃場《ほじょう》も手入れをしなくてはならない。

　この時期のトルネラは農作業で大忙しなのだ。他の心配事といえば春告祭くらいだが、何か問題でも起こったかな、とベルグリフはやや心配そうな顔を見せてから、顎鬚を撫でた。

「まあ、何とでもなるだろうけどな……サティ、すまん。ちょっと出かけて来る」

「あらら、もう夕飯できるのに。でも仕方ないか。足元、気を付けてね」

「お父さん……わたしも行っていい？」

「寄り合いに？」

「そう」

「構わないよ。退屈かも知れんが」

　確かに、子供の頃にベルグリフに連れられて行った村の寄り合いは、大人たちが色々話をしているばかりで面白いと感じた事はなかった。しかし今はアンジェリンだって大きくなったのだ。昔は分からなかった事も、今になったら分かる事もあるかも知れない。それを確かめたかった。

　それで外套を羽織ってベルグリフと二人連れ立って教会まで行くと、バーンズやリタなど少なくない数の若者たちと、村長のホフマン、ケリーを始めとした村の重役組がいた。ダンカンがいるのでおやおやと思っていると、それに交じってパーシヴァルとカシム、グラハムにミトまでいるのに、アンジェリンは目を丸くする。

「え、みんなして何やってるの……？」

「おう来たかベル。アンジェも一緒か、丁度いい」

ホフマンが妙に改まった顔をして二人を見た。ベルグリフも怪訝な顔をして教会の中を見回し、妙にピリピリした雰囲気を感じ取ったのか眉をひそめて口を開いた。

「穏やかじゃないな。何があったんだ？」

「……実はな。グラハムさんの言う新しいダンジョンを、トルネラ近郊に造ってくれって若い連中が騒ぎ出してよ」

ケリーが腕組みして言った。ベルグリフが寝耳に水という顔をして若者たちの方を見た。

「どうしてだ？」

「ダンジョンって経済効果もあるんだろ？　俺たち、ベルさんたちに色々教わったり稽古をつけてもらったりしてそれなりに戦える。畑耕してばっかりじゃなくて、もっと別の産業があってもいいんじゃないかと思って」

バーンズの言葉に、若者たちが同調して頷く。どうやら、今までの鍛錬を活かす絶好の機会が訪れた、と息巻いているようだった。今までもアンジェリンたちの活躍に憧れているらしい様子は度々見受けられたけれど、今回の帝都への冒険譚がその決定打になった事は想像に難くない。

「……それでこの面子《メンツ》か」

ベルグリフが納得したように辺りを一瞥した。道理でその辺りに詳しそうな人たちが集められている筈だ。

トルネラにダンジョン。

グラハムから新しいダンジョンの話を聞いた時、ほんの少しそれは頭をよぎった。しかし、アンジェリンにとってトルネラは故郷で、冒険者稼業とは切り離された世界として捉えられていた為、その考えはすぐに消えた。だがこうやってその話が蒸し返されて来ると、それも悪くないんじゃないかと思えて来る。

ベルグリフは顎鬚を撫でてホフマンの方を見た。

「村長、どう思ってる？」

「悪い話じゃない、とは思うがよ。だがトルネラは今まで魔獣との戦いとはあんまり縁のねえ土地だ。突然それが日常に入り込んで来る事に抵抗を覚える連中も多い」

「そうだろうな……」

血気盛んな若者たちはともかく、昔ながらの畑を耕し、森を始めとした自然の恵みに頼って生きる生活に慣れ切っている大人たちは戸惑うだろう。

「でも……別に村人全員が戦わなきゃいけないってわけじゃないでしょ？」

アンジェリンはそう言ってみた。バーンズが頷く。

「もちろん、そうだよ。なのに心配だ、危ないって」

「親としちゃ当たり前だ馬鹿。お前はいくつになっても危なっかしくていかん」

ケリーに言われてバーンズは口を尖らした。

「一人で突っ込もうなんて考えてねえよ、馬鹿親父。その辺はベルさんたちからしっかり教わってるっつーの！」

「……親心とは複雑なものですなあ」

ダンカンが苦笑いを浮かべて呟いた。パーシヴァルも何か考えるように目を伏せている。彼らは若い頃に親に反発して冒険者になった口だ。その点では、トルネラの若者たちは良い子過ぎるくらいに良い子に見えるのだろう。

ホフマンが嘆息してベルグリフの方を見る。

「実際、どうなんだ？　グラハムさんたちにも聞いたが、トルネラにダンジョンを造って大丈夫そうなのか？」

ベルグリフがグラハムの方を見ると、彼は首肯した。

「グラハムが大丈夫と言うなら、それに間違いはないと思うが」

「グラハムさんは大丈夫だって言ってくれたよ！　カシムさんもパーシーさんも、ダンカンさんだって平気だって」

若者の一人が大きな声を出す。他の若者たちもそうだそうだと声を上げた。アンジェリンがカシムと目を合わせると、カシムは是と言うようにウインクした。それなら悩む必要なんかないじゃないか、とアンジェリンは訝しんだ。ケリーが静かに首を振る。

「そうじゃねえんだ。こう言っちゃ悪いが、グラハムさんたちは生粋の冒険者だ。それも一流のな。そりゃダンジョンなんざお手の物だろうさ。だからこそ、俺たち弱いもんの目線じゃ考えられないんじゃないかって思うんだよ」

アンジェリンはドキリとしたように口をもぐもぐさせた。確かに、自分たちは一流の冒険者として称賛され、一体で災害になり得る魔獣を次々と討伐して来た。

しかし、Ｅランクの魔獣相手でも手こずり、或いは命を奪われてしまう人々はそれ以上に多いのだ。そんな人たちにとっては、いくら経済効果があろうと、魔獣の巣窟であるダンジョンなどは不安の種になるだろう。

自分たちはそんなに弱いわけじゃない、と若者たちが言い、いや、そういう驕りが命の危険を呼び込むのだと重役組の大人たちが言った。

「ベルがお前たちを鍛えたのは、いたずらにダンジョンで暴れさせる為じゃないぞ」

「俺たちも遊びだなんて思ってない」

「話が性急過ぎるんだ。もっと冷静に考えろ」

「考えたから結論を出したんだ」

「死ぬかも知れんぞ」

「それくらい覚悟の上だ」

「それくらいなんて言う程度じゃ分かっちゃいない」

大人たちも意地悪で反対しているわけではないが、新しい事に挑戦したがっている若者たちも一歩も譲ろうとしない。

話は平行線を辿っているように思われたが、大人たちの方が次第に譲歩し始めた。彼らもかつては若者であり、冒険者に憧れた事がないと言える者はいなかったからかも知れない。

「……ともかく、お前たちがダンジョンに行くのは仕方がない。最高の先生が何人もいるわけだし、ちゃんと指導してもらえばいいだろう」

「しかし、それ以外の皆が不安がる」

「なら」

「ああ。魔獣と戦うなんて考えず、静かに畑を耕して暮らしたいと思っている連中も大勢いるんだ。そういう連中の不安を蔑ろにする事はできないだろ？」

そう言われると、若者たちも返す言葉がなかった。

ホフマンが言った。

「ベルよ、お前はここでの暮らしも冒険者の暮らしも知ってるだろ？　村の近くにダンジョンがあったとして……それでも元の通りに暮らしたいと思っている連中に危険はないか？　魔獣が溢れたり、呼び水になって外から何かが来たりしないか？」

その時は自分たちが、と言いそうになってアンジェリンは口をつぐんだ。オルフェンを拠点にしている自分があまり差し出がましい事を言わない方がいい気がした。それに、今自分が何か言っても強者からの目線の言葉にしかなるまい。

ベルグリフはしばらく考えるように髭を捻じっていた。パーシヴァルやグラハムたちも、ベルグリフに任せるつもりなのか黙って成り行きを見守っている。

「……そもそもダンジョンがどうやって管理されているかから説明しようか。放置されたダンジョンは危険になる。核が作る魔力や、ダンジョンのボスが発する魔力に魔獣が集まったり生み出されたりするからな。だが、そうならないように各地のギルドがダンジョンを管理して、定期的に魔獣を討伐しているんだ。数が増え過ぎなければ、魔獣はダンジョンからは出てこない。そうならないように、周囲に結界を張っている場合も多い」

ベルグリフが若い頃に買って読み込んだ、あの分厚い本に書かれていた事だ。トルネラから旅立つ前に読んでいたアンジェリンも、その事は覚えがあった。

「じゃあ、その管理さえきちんとされていれば大丈夫なのか？」

「基本的にはな。だから探索に入った冒険者から報告がある度に、いつも各ダンジョンのデータは更新されて行く。それを元に適正なランクの冒険者に仕事を割り振って行くのがギルドの仕事の一つでもあるわけだな。要するに、常にダンジョンを注視している必要があるわけだが、それさえできるならば危険はかなり減ると思っていいよ。どのみち、俺は今まで通り見回りは続けるわけだしな」

若者たちがパッと表情を明るくして、互いに顔を見合わせている。ホフマンはふうと息をついて、ベルグリフを見据えた。

「なるほど、お前がそう言うならそうなんだろう……で、ベル。お前個人はこの考えに賛成か？反対か？」

沸き立ちかけていた若者たちが、緊張した面持ちでベルグリフを見た。最早、彼の一声でダンジョン作成の有無は決まってもおかしくないというような雰囲気だった。

ベルグリフは目を伏せた。

「……有りだろう。諸手を挙げて賛成するにはまだ話し合いが必要だが、きちんと形を整える事さえできれば大丈夫だと思う。それに何より……」

「何より？」

ベルグリフはにやっと笑った。

「この連中がへそを曲げて外で冒険者になると言い出す方が困るだろう？」

ケリーが大笑いしてぱしんと腹を叩いた。

「決まりだな！　こいつは一大事業になるぞ！」

「忙しくなるな。ったく、ただでさえ忙しい時期だってのに」

とホフマンが苦笑しながら頭を掻いた。重役組の大人たちも苦笑しながらも「仕方がないか」と納得している様子である。若者たちが喝采を上げた。

何だか凄い事になって来たぞ、とアンジェリンはまだ頭の中がとっ散らかったまま、取りあえずベルグリフの手を握った。

若者たちが大騒ぎする中、パーシヴァルたちが近くにやって来た。新参者が首を突っ込み過ぎても話がこじれると、聞かれた事以外は黙っていたらしい。道理で静かだったわけだ、とアンジェリンは納得した。

カシムがからから笑ってベルグリフの肩を叩く。

「ははっ、鶴の一声って奴だね。ベルが言うと説得力あるね」

「ま、不安に思うのは分からんでもないがな……平和な村だぜ、ここは」

パーシヴァルがそう言って、頭を掻いた。ダンカンが頷く。

「しかし若者たちのエネルギーは抑えようと思って抑えられるものではありますまい。しかしベル殿、これからが大変ですぞ。ダンジョンの管理をするには然るべき組織が必要になります」

「街道が整備されりゃ、噂を聞いた他の冒険者も来るだろうな。そういう連中への対応が必要だ。場合によっちゃ宿なんかを建てにゃいかんかも知れねえ」

「そいつは景気がいいな！　もしかしたら若い美人の嫁候補が入ってくれるかも知れねえぞ」

「エルフのか？」

ドッとその場が笑いに包まれた。ベルグリフは困ったように頭を掻いた。

「へっへっへ、それに素材の卸しや討伐依頼に対する報奨金の確保も考えないとね。金が回らないと経済の柱になんかなりゃしないよ」

カシムの言葉にベルグリフは頷く。

「そうだな。資金源に……情報を統合してダンジョンの危険度を計らんといけないし、実質ギルドみたいになるか。誰かが取りまとめないと駄目だろうけど……」

パーシヴァルがふんと鼻を鳴らした。

「お前やれ」

「……はっ？」

「そうだね、ベルなら適任だ。ねえケリー？」

カシムが言った。ケリーが笑って頷く。

「おう。この話が通ったら、まとめ役はお前にやってもらおうってパーシーやカシムと話してたんだ。よろしく頼むぜベル」

「え、いや、あの……」

「お父さん！　ギルドマスターになるの!?」

アンジェリンは興奮して、放心しているベルグリフの腕を引っ張った。ベルグリフはハッとしたように頭を振った。

「ちょ、ちょっと待ってくれ、そりゃ協力するにやぶさかじゃないけど、俺は組織のトップを張るような器じゃないよ」

「冒険者パーティって括りなら、お前は確かに二番手が合ってる。だがギルドみたいな組織のトップは俺みたいな武辺者じゃ駄目だ。それにトルネラの人望って点じゃお前以上の奴はいねえよ。観念しろ」

「い、いや、しかし……グ、グラハム、何とか言ってくれ。君の方が適任じゃないか？」

黙って立っていたグラハムは、彼には珍しくいたずら気な表情を浮かべて肩をすくめた。

「決定打を打っておいて責任を投げ出すのはそなたらしくないな……」

「な！」

ホフマンがわざとらしい怒り顔でベルグリフの肩を叩いた。

「おいおい、ベル。お前の一声で決まったようなもんだ。今更逃げるのは許さんぞ」

「ず、ずるいぞ！　その言い方は……ずるい！」

うろたえるベルグリフを、旧友たちが笑いながら小突く。

予想外の展開になったけれど、これはこれで面白い。というより、アンジェリンにとってはかなり嬉しい。

お父さんがギルドマスターだなんて、素敵じゃないか！　とアンジェリンはベルグリフの背中に飛び付いた。

「凄いぞお父さん！」

「アンジェ……」

「お父さん、ぼくも協力する」

「ミトまで……ああ、もう」

ベルグリフはとうとう観念した様子で嘆息して、苦笑しながら髭を捻じった。

「……仕方がない。でも俺に丸投げはよしてくれよ？」

「当たり前よ。素材の卸しや商人との交渉は俺がやらせてもらうぞ」

ケリーがそう言って笑う。確かに、このトルネラで豪農と言えるほどに家を成長させたケリーには、そういった仕事は適任だろう。役割分担をしっかりして、その全体の取りまとめをベルグリフがすればいいのだ。

そういう仕事はお父さんが一番得意、とアンジェリンは自分の事のように胸を張った。

一二八　野山で膨らんでいた花のつぼみが

野山で膨らんでいた花のつぼみが一斉に開き、あちらこちらが花盛りになって、誰もが畑仕事に一層身を入れるようになって来た。もう春告祭も間近だ。

雪が解けてあちこちの地面がまだらになり、しかし麦畑では青々した麦の葉が陽の光をいっぱいに受けてぐんぐん伸びている。平原には雪解けの小川が幾筋も流れて、それらが川へと合流し、濁った水がうねるようにして下って行く。

若草の萌え出した村の外の平原を、ベルグリフはダンカンと二人で歩いていた。西側に大きな雲がかかっている他は真っ青ないいお天気である。

「あまり村に近いのも考え物ですな」

「そうだな……しかし遠いと管理が難しい。村から離すとすれば、詰め所くらいは近くに造らないと」

「ふぅむ。それにしてもダンジョンとは造れるものなのですな。某《それがし》、そのような事は考えも致しませんでした」

「俺もだよ。まあ、造ると言ってもあの魔導球を中心に魔力を発生させて周辺の環境を変えるって話だから、一種の人工の魔力溜という事になるのかな……餌を置いて獲物を待つようなものだろうから、あまり細かい調整は期待しない方がいいだろう」

ダンジョンというのは魔力の濃い場所にできる。何かの拍子に魔力の塊などが出来上がると、それを中心に周囲の環境が変異し、空間が捻じれ、魔獣を産み出したり呼び寄せたりして、ダンジョンとして形ができて行く。

中心となるものは魔力の塊である場合もあるし、強力な魔力を持つ魔獣である場合もある。ボスのいるダンジョンなどは後者が多い。その時はボスを討伐する事で魔力が散らばってしまい、ダンジョンが潰れる事がある。

昔から存在し、今も現役の冒険者たちが探索を行っているダンジョンは、ボスのいないものがほとんどだ。そういったダンジョンは定期的に核を点検して管理され、魔力によって変化した薬草や鉱石が採取され、魔獣が溢れないように討伐が行われる。その魔獣からも毛皮、骨、肉、牙や爪など種々の素材が採れる。

まだダンジョンが人知の及ばぬ魔境であった頃、それは単なる脅威として人々を震え上がらせた。しかしそれも今は昔、対抗策が研究され、多くの腕利きの冒険者たちが魔獣やダンジョンを単なる脅威から追い落とした時、ダンジョンは魔力の限り資源を生み出す鉱山のような存在へと変わったのである。

しかし、それらは今まで自然発生を待つのが普通であった。

無論、大魔導を始めとした多くの魔法使いたちが人工のダンジョンを造っている。だが、ダンジヨンは魔力を原動力として維持されている為、その魔力をどうやって確保するかが彼らの目下の課題であった。

龍種など、高位ランクの魔獣の魔力の結晶を核にしてダンジョンのようなものを造り出す者もいたが、まだまだ安定的なものには至っていない。

それが、トルネラではミトという魔力の発生装置がある。尤もミトがダンジョンの最深部にいる必要性はなく、グラハムの精製した魔導球が核となり、ミトの身に着けているペンダントを通して魔力を送り込んで核とするそうだ。ある意味、ダンジョンのボスがダンジョンの外からそれを管理するような話で、そう考えると何だか可笑しい。

まったく、驚かされる事ばかりだとベルグリフは鬚を捻じった。ほんの数年前には想像もできなかった事である。

村はにわかに活気づいている。新しい建物を造るだろうという事で、木こりたちも張り切って森に出かけ、製材所は朝早くから暗くなるまでずっと音が聞こえている。大工たちも建物の設計を考えるのに夢中だ。酒場をやってみたかっただとか、宿屋をやってみたいだとか、そういう事を言う者もいる。

ダンジョンという新しいものは、概ね好意的に受け入れられているらしい。若者たちは張り切っているし、ケリーたち重役組も村の発展は願ってもない事のようだ。

しかし、さらに上の世代の老人たちはあまりいい顔をしていないのも確かだ。良くも悪くもトルネラしか知らない人々は、外の世界に対する憧れと同じくらい恐怖を抱いてもいる。若ければ憧憬が勝り、年を取ると恐怖が勝るようだ。

しかし何十年も続けて来た生活が突然変わると考えれば、不安になるのも無理はないだろう。昨年の森の騒動が尾を引いて、魔獣などに必要以上に恐れを感じている者もいる。そもそも不安定で命がけの冒険者という職業に眉をひそめる者だっている。

それでも強硬に反対する者がいないのは、不安を抱いている者にもやはり外の世界への憧れがあるからなのだろうか。

「変化するにしても……なるべく緩やかであるに越した事はないんだがな」

ぽつりと呟いた。トルネラも変わろうとしている。しかし急激な変化は取り残される者を多く出すだろう。順応できる者はいい。しかしそうでない者を簡単に切り捨てる事は、ベルグリフはあまり考えたくなかった。

こつん、と義足で小石を蹴る。

正直なところ、まだ迷いはある。あの時は賛成したが、こうやって実際の動きを考える段階に来ると悩む事ばかりだ。

経済の柱、というと聞こえはいい。しかしダンジョンは命がけの現場だ。安全を確保できるように、といっても絶対はあり得ない。軽い怪我くらいならばまだしも、誰かが死んだりしたらどうしようと思う。そうでなくとも大怪我を負っては畑仕事もままならなくなる。

自給自足が基本のトルネラで、体に障害を負う事は大きなハンデだ。今でこそ克服したベルグリフも、つらい時期があった。自分が乗り越えられたからといって、他人もその筈だと決めつけるのは早計である。

「……俺にはアンジェがいたからな」

ベルグリフは大きく息をついてかぶりを振った。

ともあれ、もう車輪は回り始めた。暗い事を考えればいくらでも暗くはなるが、決してそれだけではないのも確かだ。新しい事は常に不安と期待がないまぜになっているものである。

村人たちはあれこれと楽し気な想像と理想を話して盛り上がるが、それを現実にする為には色々の仕事が必要になる。しかし理想がなければ現実は動かない。畑仕事の合間に大いに理想を語り、それに向けて侃々諤々《かんかんがくがく》と現実的な事を話し合うのは刺激的で楽しい時間であった。ただ日々の生活を続けて行くだけだった田舎の暮らしに花を添えているのは確かだ。

いずれにせよ、まずはダンジョンの場所を決めなくてはならない。

だがこれが中々難しいところで、いざ何か起こった時や村人の不安を考えればなるべく村から離れた方がいいと言う者と、新しい産業として造るのだから近い方が便がいいと言う者とに分かれて中々決着が付かない。

どちらの言い分もそれなりに筋が通っており、理詰めでどうこうするには判断の材料も少なく、膠着状態に陥っていた。

それでひとまずそれは脇に置いて、実地を見て方針を考えようという風になった。それでダンカンと二人、村のぐるりを歩き回っているのである。

「……本格的に動く前にヘルベチカ殿にも相談しなくちゃいけないなあ」

「確か現領主様でしたかな？」

「うん。聡明な方だよ。もしダンジョンができるとなると、今までは単なる辺境だったトルネラも経済拠点の一つになるかも知れない。そうなると領主様にお伺いを立てるのが筋というものだろうし」

「そうですな。変に後でこじれても面白くありませんし、何か良い知恵を授けて下さるやも知れません」

「雪も解けて来たし、どこかでボルドーまで行く必要があるかもな……」

話しながら歩いていたら、村の入り口の方に戻って来た。

昨年のうちに始まった街道の整備がやりかけられて、村から少し先までは道が平らで綺麗になっている。

自分たちの出かけている間に、随分仕事が早いものだなとベルグリフが改めて感心していると、道の向こうの方から荷馬車が一台やって来るのが見えた。二頭立ての幌馬車である。手綱を握った人物が大きく手を振った。

「ベルグリフさーん」

目を細めて見ると、もうすっかり馴染みになった青髪の女行商人である。人懐っこい笑みを浮かべている。おやおやと思いながら馬車が来るのを待つ。

馬車が止まるのももどかしいという様子で飛び降りた女商人はベルグリフの手を取った。

「もう帰ってらしたんですねえ、てっきり何年越しの長旅になるものだとばかり……お友達とは再会できたんですか？」

「ええ、おかげさまで色々な事が片付きました。そちらもお元気そうで何よりです」

ベルグリフはそう言って笑いかけ、馬車の方に目をやった。二頭立ての大きな馬車は荷が沢山積まれていた。その間に護衛らしい若い冒険者の男女二人連れが、不思議そうな顔をしてしゃがんでいる。

「行商に来られたんですか。随分早いですね」

「そうなんです。あたし、なんだかんだいってトルネラが気に入っちゃってまして。もうじき春のお祭りでしょう？　行商がてら少しのんびりさせてもらおうかなって」

嬉しい事を言ってくれるなあ、とベルグリフは笑って髭を撫でた。行商人はダンカンとも久闊《きゅうかつ》を叙《じょ》し、にこにこ笑った。

「ダンカンさんもご無沙汰です」

「はっはっは、その節はお世話になり申した」

「お元気そうで何よりですよ。もしかしてアンジェリンさんたちも？」

「ええ、皆揃って。マリーまでいますよ」

「わあ、賑やかですねえ。うふふ、色々仕入れて来ましたから、皆さんにじっくり見ていただかないと……あ、そうだ。ボルドーのヘルベチカ様から言伝を言付かって来まして……村長さん宛てなんですが、ベルグリフさんに言っちゃっても大丈夫ですよね？」

「ええ、私が伝えておきますから……ヘルベチカ殿から？」

「そうですそうです。近々そちらに伺うのでよろしくとの事です」

「なんとまあ」

何とも不思議なタイミングだな、とベルグリフは目を細めた。だが、それなら丁度いい。ヘルベチカも交えてダンジョンの事を話すいい機会だ。

女行商人は笑って帽子をかぶり直すと、またひらりと御者席に飛び乗って手綱を握った。

「広場に行きますので、是非来てくださいね。色々おまけしますから！」

「ははは、ありがとうございます。後程伺わせてもらいますよ」

馬車が動いて村の中に入って行く。目敏い子供たちが、行商が来た行商が来たと騒いでいる。馬車の中から声がした。

「あの人は誰なんです？」

「ベルグリフさんですよ。〝赤鬼〟って言えば分かります？」

「……え、あの〝黒髪の戦乙女〟の？」

「そうですそうです。そのアンジェリンさんも帰って来られてるみたいだから、多分後で会えますよ」

「ど、どうしよう。だって旅に出てトルネラにはいない筈だって……緊張する」

オルフェンかボルドー辺りの冒険者なのだろう、いないと聞いていたビッグネームの存在に狼狽しているようだ。確かに、転移魔法で直接トルネラに戻っているなどと想像する者はまずいないだろう。アンジェリンたちがオルフェンに戻ったら、ギルドの皆にそう言っておいてもらわないとな、とベルグリフは頭を掻いた。

ダンカンが面白そうな顔をして言った。

「ベル殿も名実ともにすっかり有名人ですなあ」

「ははは……」

何だか〝赤鬼〟なんてものに少し慣れてしまった自分にベルグリフは苦笑いを浮かべ、腰の剣の位置を直した。

「俺たちも戻ろうか」

「そうですな。某も木こりの詰め所に行かなくては」

「木材の需要が高まったからなあ……忙しいだろう？」

「はっはっは、暇を持て余すよりはマシでしょう。充実しておりますよ」

それでダンカンと別れて家に戻ると、庭先でアンジェリンたちが洗濯物を干していた。井戸の方では、アネッサとマルグリットが何かやっている。見ると籠や笊《ざる》を洗って、ナイフなどを研いでいた。他の連中は銘々あちこちに出かけているらしい。

「あ、おかえりお父さん」

「ああ、ただいま」

洗濯籠を抱えたサティはおやという顔をした。

「おかえりなさい。どう？　良い場所は見つかりそう？」

「何とも言えないな。まあ、いざ場所を決めても、その後がまた大変そうだが」

「田舎暮らしのつもりが、こんな所まで冒険者稼業が追っかけて来るなんてねえ……」

サティは何だかしみじみと言った。アンジェリンが首を傾げる。

「お母さんは嫌なの……？」

「今更冒険に燃える歳でもないからねえ。あ、でもギルドなんかする事になったら受付嬢が要るね。わたしがやる事になるのかしら？」

「村娘もやりたがりそうだが……最初は君にやってもらった方がいいかもな。色々勝手も分かってるだろうし」

「エルフが受付嬢なんて、それだけであっという間に噂になりそうですね」

向こうの方でアネッサが笑いながら言った。

「お母さん人気になりそう……」

「それは困ったなあ、ベル君が焼きもち焼いちゃう」

そう言って母娘してくすくす笑い合っている。ベルグリフは頭を掻いた。

「そういえば、いつもの行商人さんが来ているよ」

「青髪の？　わ、それは大変……行かねば」

トルネラは冬の間は行商人が来ない。だから春先にやって来る行商を村人たちは楽しみにしている。アンジェリンも昔からそうだった。今でも、街の店に買い物に行くのとは違った楽しみがある。

「行って来ていい……？」

「うん、もう大体干し終わってるからね。行っておいで」

「あ！　ちょっと待てよ！　おれも行く、おれも行く」

ナイフを研ぎ終えたマルグリットも立ち上がった。アネッサも引っ張られて、女の子たちが慌ただしく出て行き、残されたベルグリフとサティは顔を見合わせた。

「若い子は元気だねえ」

「そうだな」

「ベル君、こっち手伝ってくれる？」

「ああ、はいはい……豆に支柱を立ててるんだけど、終わったら手が空いてるかい？」

「大丈夫だよ。ビャクたちにも手伝ってもらおうか」

「うん、そうしようか。子供たちは、家？」

「なんか暖炉回りを片付けてくれてるよ。働き者だよねえ、うちの子たちは」

と言ってサティはくすくす笑った。ベルグリフもつられて笑う。こんな生活が始まってまだ半年も経っていないのに、何だか随分昔からそうだったように思われた。

○

ヤクモが幸せそうな顔をして煙をくゆらせている。しばらく出番のなかった煙管に火が灯り、筋になった煙が真っ直ぐ上り、途中で揺れて散らかった。嘆声にも似た吐息に乗って煙が吐き出される。

「ああ……しみじみうまいのう」

「随分お預けを食らったもんだね、へっへっへ」

「まったくじゃ。いやしかしおかげでこいつの味を思い出したぞ。惰性で吸っていた時よりもよっぽどうまい」

「そいつはよかったね」

「カシムさんも一服するかね？」

「オイラはいいや。パーシーは」

干し肉の味見をしていたらしいパーシヴァルが振り返った。

「なんだと？」

「煙草」

「お前……俺の喉の事を知ってて言ってんのか」

「あ、そういやそうだったね。最近あんまし咳き込んでないから忘れてたや」

「ったく、適当な奴め……まあ、確かに最近は調子がいいけどよ」

空気のせいかな、とパーシヴァルは冗談めかして言った。

畑仕事の合間にも、若者たちは剣や魔法の鍛錬をしたがる。春先の諸々の仕事で忙しいベルグリフに代わって、パーシヴァルやカシムがその教導の役割を担っていた。今日も広場でそうしていたところ、行商人が来たので中断したところである。ヤクモにルシール、ミリアムも様子見がてら一緒にいる。

トルネラから出た事のない若者たちは平気な顔をして二人の稽古を受けているが、場所が場所ならばとんでもなく高い授業料を払っても弟子入りしたいと言う者が現れる二人だ。むしろ恐縮して、教えを乞うなど尻込みする者の方が多いかも知れない。同業者としては、Ｓランク冒険者というのはおいそれと近づきがたい存在でもあるのだ。

しかし若者たちはあまり物怖じしない。凄腕の冒険者というよりは、ベルグリフの旧友という身分の方が先に立つトルネラならではの光景である。

干し肉の他乾燥果物を買ったパーシヴァルは、カシムと一緒に少し離れた所に腰を下ろした。

「雪が解けるとすっかり様子が変わるな」

「そうだねえ。オイラも去年はこの頃に来たんだ。これから山も野原も一気に緑色に染まるぜ」

「そいつはいい。白一色に飽きて来たところだ」

「……パーシーはいつまでトルネラにいるつもり？」

「決めちゃいないがな。旅にはまた出るさ。あの黒い魔獣を探さにゃいかん」

「そう言うと思ったよ」

「まあ、ダンジョンの事をしばらく手伝ってやってからだがな……お前も来るか？」

「どうしよっかなあ……どっちみちトルネラにずっといるつもりはないんだけど」

「ははあ、マンサに彼女がいるんだったか」

「まあね。ベルとサティを見てたら、オイラもシエラに会いたくなった」

「お前の人生だ。お前の好きにすればいいさ……しかしベルもサティも何でもない顔しやがって、面白くねえな。おいヤクモ、お前もそう思うだろ？」

いつの間にか隣に来ていたヤクモは、口から煙を吐きながら言った。

「まあ、そうじゃの。しかしベルさんがサティさんとあんまりいちゃつくのも、それはそれで不気味に思うが……そもそも儂らが大挙して居座っておるからではないか？」

「それはそれ、これはこれだ」

カシムがぽんと手を打った。

「もうすぐ春のお祭りがあるんだけど、そこで結婚式でもぶち上げようか。二人に内緒でさ。衆目の中でいちゃつかせようぜ。それなら吹っ切れるでしょ」

「そいつはいいな。アンジェども巻き込んでやろう」

そこに噂をすれば影の喩えに漏れず、アンジェリンがマルグリットやアネッサを引き連れてやって来た。

「おお、賑やか……」

「おーい、おれの分とっとけよー！」

マルグリットは露店の前に駆けて来て、人だかりに飛び込んで行く。「こらー、割り込むなー」というミリアムの声がした。

ここに自分も割り込むのは大変だと思ったのか、アンジェリンはそちらには行かずにパーシヴァルたちの方に来た。アネッサは面白そうな顔をして露店前の喧騒を眺めている。

パーシヴァルは乾燥果物を口に放り込んだ。

「なんだ、来たのか」

「パーシーさん、もうなんか買ったの……？」

「食うか」

「うん」

　アンジェリンはパーシヴァルとカシムの間に割り込むように腰を下ろして、乾燥果物をちょこちょことかじった。カシムが山高帽子をかぶり直す。

「ベルたちは？」

「おうち。夫婦水入らず……」

「そいつはいいや。けどさ、あいつら全然進展しないじゃない。だから春の祭りで結婚式ぶち上げようってパーシーと話してたんだけど」

「詳しく」

　アンジェリンは好物を目の前にした獣のように素早く食い付いた。カシムがからから笑う。

「流石、反応早いね。いやね、二人には当日まで秘密にしといてさ、周りでがーっと囃してお祝いして盛り上げて、改めて神父の前で愛を誓わせんの。面白そうじゃない？」

「面白そう。それにきっとお父さんもお母さんも喜ぶ」

「だろ？　だからお前も村の皆にこっそり話通してくれよ。お前が話した方が早いから」

「分かった……秘密の作戦……ふふ、お父さんたち、驚くぞ」

「ま、俺としてもあいつらが赤面してしどろもどろになってるのを見たいわけだ。あんな風に落ち

着かれてちゃからかい甲斐がねえ」

「パーシー……君、動機が不純過ぎない？」

「なに一人で良い子ちゃん面《づら》してやがる。お前の腹の内も同じだろうが」

カシムが誤魔化すように肩をすくめて笑った。アンジェリンはにんまりと口端を吊り上げる。

「いたずら者だね、パーシーさん……」

「そうさ。昔はよくベルをからかったもんだ。こいつも一緒によ」

「サティだって一緒だったぜ。でもベルは大抵笑って許してくれたけど」

「だが反応は面白かっただろ。宿の寝床にコオロギを仕込んだ時なんか、布団に足突っ込んだベルが凄い勢いで跳ね起きて、冷や汗掻いてたのは傑作だった」

「サティも一緒になって腹抱えたね。大笑いしてたら隣の部屋の奴が怒鳴り込んで来たのは驚いたけど」

アンジェリンが目をぱちくりさせた。

「四人で部屋を取ってたの？」

「一度だけな。駆け出しが遠出の依頼の時は雑魚寝部屋に泊まるもんだが、サティはエルフだろう？　やたらに絡まれる事が多くてよ。それで一度懲りたから、多少かかっても金出し合って個室を取った時があるんだ。ベッドで寝る奴はくじ引きで決めて、外れた奴は持参の寝袋を使って……というつもりだったんだが」

ヤクモが目を細めた。

「同じパーティとはいえ、年頃の男女が一部屋にのう……間違いは起こらんかったんか？」

「最後まで聞け。ともあれ、それで隣の部屋の奴を追い返して、目が覚めちまったから軽く部屋で酒を飲んでたらサティが先に寝ちまってな。酒のせいで肌はほんのり桃色に染まってるし、服が乱れかけて妙に色っぽくて……それで怪しい雰囲気になりかけた」

「ええ……」

アンジェリンが頬を染めて息を呑むのを見て、パーシヴァルは口端を緩めた。

「何期待してんだ、お前は」

「べ、別に……」

もじもじするアンジェリンを見て、パーシヴァルはくつくつと笑ったが、それで喉に何か絡んだらしい、顔をしかめて匂い袋を口元に当てた。

「……期待に沿えなくて残念だが、何もなかった。酒も手伝って頭が痺れかけたが、なんだか気まずくもなってな……結局男三人、サティを置いたまま部屋から逃げ出して雑魚寝部屋で寝た。なあ？」

「そうそう。それで翌朝、雑魚寝部屋の使用料も払えって言われて、必死になって個室分の払いと相殺しようと交渉したけど、一部屋使った事に変わりはないし、結局払う羽目になっちゃった」

「なんじゃい、くだらんオチじゃのう。ヘタレどもが」とヤクモがからから笑った。

「ホント、くだらない事ばっかしてたよ。貧乏だったのはそのせいもあったかもねえ」

「どうだったかな。ま、あれはあれで面白かったな。自由が利かない分、頭絞って何とかしようとしてた。今じゃ考えられんな」

パーシヴァルは匂い袋をしまって、少し遠い目をした。稼ごうと思えばいくらでも稼げて、冒険者としての名声も轟くようになってしまっては、創意工夫を凝らす場面というものが殆どなくなってしまった。駆け出しの頃のように少ない金をやりくりして、なるべく安い店を回り、値切り交渉に神経を使わなくとも、財布から金貨をつまみ出せばそれでおしまいだ。アンジェリンも同意するように頷いている。

ヤクモが煙を吐き出した。

「Sランク冒険者はずるいのう……儂は楽な方がええと思うがの」

「楽は楽だが……まあ、俺にはどっちが良いとも言えんな」

「贅沢な話だぜ、それは。へっへっへ」

「ま、それはともかく、あいつらにあの頃の朴念仁のままでいられちゃつまらんってわけだ。リーダーとして、そればっかりは見過ごせねえ」

そこに酒瓶を持ったマルグリットが上機嫌でやって来た。

「アンジェ、おれまたあいつにオルフェンまで乗せてってもらう事にした！　アーネとミリィも同じ事言ってるぞ。お前もそうするだろ？」

「あ、そっか……うん、それが一番話が早いね」

青髪の女行商人はもうすっかり馴染みだ。便乗させてもらうのも気楽でいい。けれど、この人数が乗り切れるかしら、とアンジェリンはちょっと首を傾げた。まあ、それは実際彼女に聞いてみてからの話である。

「お前、それ何買ったの？」とカシムが言った。

「蒸留酒だぜ。久々に強い酒が思いっきり飲めるぞ」

パーシヴァルがマルグリットを手招きした。

「おう、こっち来い飲んだくれ。お前も共犯者になれ」

「えー、なんだなんだ、何企んでんだ!?」

マルグリットはすぐさまやって来て、春告祭の悪巧みを聞いて大いに張り切った。そういう事は大好きらしい。

一通り商品を見て来たらしいアネッサとミリアム、ルシールも交じって話は大いに盛り上がり、ベルグリフのあずかり知らぬところで、娘たちと旧友の悪巧みは着々と形作られているらしく思われた。

一二九　灰色だった地面が萌え出した草に

灰色だった地面が萌え出した草に覆われて緑色に染まった。風に揺れ、陽を照り返す度にちらちらと白く光り、それが幾本もの筋になって風下へと波のように流れて行った。

踏まれた麦の葉が再び立ち上がり、空に向かってぐんぐんと伸びている。冬の間、雪に押さえ付けられていたのが、春になって根を伸ばし、そうして十分に足を踏ん張ってから勢いよく伸び上がろうとしている。

平原の白い点は羊たちだ。彼らはいよいよ平原へと放たれて、青々した草をいっぱいに頬張った。冬の間は干した草ばかり食べていた彼らにとっては、青草は何よりの御馳走である。

春告祭を翌日に控えた今、麦踏みは終わり、芋の植え付けも済んで、今は祭りの支度で大わらわである。

春告祭は秋祭りとは違って村人だけの内向きの祭りだ。それでもいくらかの客人は来る。特に雪解けの北国に商品を持って来る行商人たちは一定数おり、広場はそんな行商人たちの露店がいくつか並んでいた。

その中で、春告祭で振る舞われる料理の仕込みが行われている。大鍋が持ち出され、根菜や山菜が集められて、皮を剝いたり汚れを落としたりと下ごしらえを行う。

料理上手のいる家では干し果物を練り込んだ甘いパンの生地がこねられ、若者や子供たちが川辺に魚を獲りに出かけて行く。老いた山羊や羊が幾頭か潰され、林檎酒の大樽も運ばれていた。

長い冬を無事に乗り越える事ができた感謝と祝いである。食材は秋程豊富ではないが、それでもご馳走が並ぶ。誰もがそれを楽しみにして、冬明けの一仕事に身を粉にするのだ。

力仕事などは若者たちが張り切っている為、ベルグリフとサティは、村娘やおかみさんたちに交じって、根菜の皮を剝いていた。冬の間中土の中で保管されていた芋などは、傷んでいるものも多く、そういったものを取り除きながら、食べられる部分を選り集めるのである。

アンジェリンと仲間たちは山に山菜を採りに行っている。パーシヴァルとカシムは別の所で何かごそごそやっている。ヤクモは釣りに行った。ルシールは村の演奏上手たちと音を合わせて遊んでいる。子供たちはグラハムがまとめて見ているようだ。

芋の皮を剝きながらサティが言った。

「シチューと麦粥だね」

「うん。あとは魚と肉の炙りと甘いパン」

「いいねえ、ご馳走に……行商人さんが色々持って来てくれてるしね」

蒸留酒や隣村ロディナの豚肉、塩漬けの海魚など、普段、中々食べられないものがあるのも嬉しい。尤も、カタクチの塩漬けに面食らった経験のあるベルグリフには、発酵した塩漬けを上手く料理するのは難しい。せいぜいが出汁と塩味を同時に付ける為に調味料として使うくらいだ。

それにしても、あの料理下手のサティが手慣れた様子で下ごしらえをするのが何だか面白くて、ベルグリフはついそれを眺めた。鼻歌交じりに芋の皮を剝いていたサティが、気づいたように目を上げて、きょとんと首を傾げる。

「……なに？」

「いや、本当に料理ができるようになったんだなあ、と」

「もう、まだそんな事言って。もう何度わたしのご飯を食べたのさ、あなたは」

「ははは、ごめんごめん。どうも昔の印象が強くて」

「はいはい、早く済ませちゃおうよ。ねえ？」

サティがそう言うと、周りで村娘やおかみさんたちがくすくす笑った。

「そうだそうだ。早く二人を解放してあげないと」

「ベルさんが惚気てるのは見てて楽しいけどね」

「ホントに、あのベルがねえ。わたしゃ未だに信じられないよ」

「サティさん、良い男射止めたよねえ」

「ふふん、そうでしょう？　自慢の旦那様だよ」

サティはいたずら気な笑みを浮かべて、ベルグリフにウインクした。ベルグリフはちょっと頰を赤らめて頭を搔いた。どうにも昔から彼女には敵わない。

芋の下ごしらえが概ね終わりかけた所で、アンジェリンたちが籠に山菜を山盛りにして帰って来た。木や草の新芽、根茎や花のつぼみや茸など、食べられるものは多い。

「ただいま！」

「おかえりー。凄いね、随分張り切ったじゃない」

「ふふん、ご馳走の為……」

「あれ？　マリーはどうした？」

「まだ森にいる……絶対モリーユを採って帰るんだって」

「ふーむ……まあ、マリーなら心配ないか」

エルフが森で迷う事はあり得ないし、マルグリットの腕ならば魔獣が出ても撃退できるだろう。せいぜいうまい茸を見つけてくれる事を願うばかりである。

「どうしましょうか。ちょっと洗って来た方がいいですよね？」

籠を持ったアネッサが言った。ベルグリフは頷いた。

「そうだね。洗ってもらって……いくらかは今日の昼餉《ひるげ》に使おうか」

「じゃあひとまず全部洗って、それから分ければいいかにゃー。アーネ、行こ」

「うん。ちょっと洗って来ますね」

アネッサとミリアムは籠を持って井戸の方に歩いて行った。アンジェリンはこっちを手伝うと輪の中に交じった。そうして女性ばかりの賑やかな雑談に興じながら、手を動かす。そこに一人だけ髭面の四十男が交じっているのは、妙に可笑しい光景である。

村中のおかみさんと村娘が集まっているから仕事は早いけれど、それでも量が量なので、朝から始めても、材料の下ごしらえに昼頃までかかる。それから野菜と肉とをじっくり煮込んで一晩置いて、翌日に一日かけて食べるのだ。

　鍋に材料を放り込み、その下で火がごうごうと燃え始めた頃、大勢の足音と馬車の転がる音がした。目をやると、ボルドー家の家紋が記されている馬車がやって来るのが見えた。村人たちが領主様だ領主様だと騒いでいる。

「ベルグリフ様！」

　馬車が止まるのも待ちきれないという様子で、ヘルベチカが飛び出して来た。

「お姉さま！　ちょっと！」

　その後ろからセレンが慌てた様子で身を乗り出す。予想外の姉妹の動きに、御者が慌てた様子で馬車を急停止させた。しかしヘルベチカはそんな事には頓着せずベルグリフに駆け寄って、その手を握った。

「まさかこちらにいらっしゃるなんて思いませんでしたわ！　旅に出られていたのでは？」

「はは、実は思ったよりも早く目的を達せられまして。ヘルベチカ殿もご健勝で何よりです」

「ありがとうございます。ああ、アンジェリン様。皆さまもお元気そうで」

「ヘルベチカさん、久しぶり……相変わらずだね」

　アンジェリンもにんまり笑ってヘルベチカと握手した。

「お姉さま、無茶をなさらないでください」

　セレンが呆れたような表情でやって来た。しかしヘルベチカはひるむ事なく笑顔で振り返った。

「だって会えると思っていなかったんだもの。セレンは嬉しくないの？」

「嬉しくないわけありませんよ。でも動いてる馬車から飛び降りるなんて」

「あら、走っている馬から飛び降りるあなたはどうなの？」

「うぐ……」

セレンは悔しそうに頬を朱に染めた。お転婆なのはボルドーの血のしからしむるところなのであろうか、とベルグリフは微笑み、セレンに会釈した。

「セレン殿もお元気そうで」

「うう……はい、相変わらず振り回されています」

セレンはもじもじと両手の指先を合わせた。アンジェリンがくすくす笑ってセレンの肩を抱いた。

「仲良しで結構……サーシャは？」

「ちい姉さまは別の場所の巡察に行かれてます。春先は何かとバタバタしがちですから、分担して回るのですが」

「それでも全部の村や町を巡るのは難しいですからね。去年はこちらに来れなかったので、今年は何としても、と思いまして！」

ヘルベチカはそう言ってベルグリフの腕を取った。

北部の冬は厳しいものがある。場所によっては冬が終わる前に備蓄が足りなくなり、飢えに苦しむ村などもある。そういった場所が出ないよう、春先はあちこちに足を延ばすようだ。そうして村々の状況を確認し、適切な処置を施す。

それにしたって、領主直々に行くのは珍しい話ではあるのだが、そうやってわざわざ領主が顔を出す事が、ボルドー領でのヘルベチカの驚異的な人望に繋がっているのだろう。

ヘルベチカは嬉しそうに顔をほころばせながらも、周囲を見回してサティに目を留めた。

「そちらのエルフさんは〝パラディン〟の御関係？」

「いえ、彼女はサティといいまして」

「わたしのお母さん……」

アンジェリンが割り込んだ。ヘルベチカははてと首を傾げる。

「え……それはつまり……？」

「……恥ずかしながら妻でして」

ベルグリフは照れ臭そうに言った。ヘルベチカは目を点にした。セレンが驚いたように、しかしどこか興奮気味に身を乗り出した。

「ベルグリフ様、ご結婚なされたのですか？　それはおめでとうございます！」

「ありがとうございます。私もまだイマイチ実感が湧いてはいないのですが……」

不意に腕に重みを感じ、ベルグリフは目をやった。ヘルベチカが怒ったように朱に染まった頰を膨らまし、涙目でジッとその顔を見据えていた。ベルグリフの腕を力いっぱいに抱きしめていて、まるで駄々をこねる子供のようである。

「ずるい！　わたしが忙しくしているうちに他のお相手を見つけてしまうなんて！」

「い、いや、ヘルベチカ殿」

「はーん、ベル君。随分若い子に言い寄られてたわけだねえ。色男」

サティがにやにやしながら背中を小突いた。妙に余裕があるようなのが却って不気味で、ベルグリフは焦ったように振り返る。

「違う違う、俺はそんな風に思った事はなくて」

「そんな！　キスまでしたのに！　あれは遊びだったのですか！」

「ちょ、ちょっとヘルベチカ殿！　あれは頰にしていただいただけで、遊びも何も」

ベルグリフは慌てている。ヘルベチカは怒っている。アンジェリンとサティはにやにやしている。見ている女たちは大笑いしている。

収拾がつかなくなって来たところで、セレンがヘルベチカの首根っこを引っ摑んだ。

「お姉さま、いい加減になさいまし！」

「だってぇ……」

ヘルベチカはへそを曲げたように口を尖らした。セレンが呆れたように嘆息する。

「そんな顔をしても駄目です。そもそも最初から相手にされていなかったではないですか」

「うう……競争相手がいないと思って余裕を持ち過ぎたのが失敗だったのですね……くうぅ」

ヘルベチカは両手で顔を覆った。その肩をアンジェリンが抱いた。

「お母さんは前に話したお父さんの昔の仲間……年季が違うのだ、ふふ」

「……そうでしたか。随分お互いに一途なのですね」

「大丈夫……ヘルベチカさんならすぐに良い男が見つかるよ」

「どうして嬉しそうなんですか、アンジェリン様……ああ、もう」

ヘルベチカは諦めたように大きく息をついて、やれやれと頭を振った。

「確かに、ここで駄々をこねても仕様がありませんね……ベルグリフ様、サティ様、おめでとうございます。お祝い申し上げますわ」

「や、恐縮です」

ベルグリフはホッとしたように頭を下げた。サティはくすくす笑う。

「ふふ、ありがとうございます。しかしベル君に目をつけるとはお目が高いね、領主様」

「ええ、人を見る目だけはあると自負しておりますから」

「でも渡しませんよ」

「ええ、構いませんわ。わざわざ渡していただかなくとも」

「ほほう、中々強気ですねえ」

「ふふ、こう見えても諦めは悪い方ですので」

調子を取り戻して来たらしいヘルベチカと、変わらずに泰然自若としているサティとで、何だか恐ろしい会話をしている。ベルグリフが青くなっていると、パーシヴァルとカシムがやって来た。

「なんだ、賑やかだな。飯は？」

助かった、とベルグリフはホッと表情を緩めながら答えた。

「今作ってる。君たちは何をやってたんだ？」

「そいつは秘密だ」

「後になってのお楽しみさ、へっへっへ……ありゃ、領主のねーちゃんじゃないの」

「カシム様でしたね。ご無沙汰しております」

「なにぃ、領主だと？　そこの小娘がか？」

怪訝な顔のパーシヴァルにヘルベチカたちを紹介し、どのみちダンジョンの事で相談しようと思っていたと話すと、パーシヴァルは納得したように頷いた。

「成る程、話にゃ聞いていたが、本当に若いな」

ヘルベチカはにっこり笑って優雅に礼をした。

「どうぞ、お見知りおきを」

「ああ、よろしくな。貴族は嫌いだが、話を聞く限り、あんたは悪いやつじゃなさそうだ」

サティがジトッとした目でパーシヴァルを見た。

「パーシーくぅん、失礼だぞ。年甲斐がないおじさんだなあ」

「やかましい」

ヘルベチカとセレンはくすくすと笑う。

「構いませんよ。正直な方は好きですから」

「へへへ、パーシーよりも若い子の方がよっぽど大人だな、こりゃ」

「お前が言うんじゃねえよ。で、相談には乗ってもらえるんだな？」

「もちろん。しかしダンジョンとはどういう事です？　この辺りに新しく発見されたのですか？」

「その辺りも含めてご相談したい事なのですが、村長も含めた方がいいかと……アンジェ、すまんがグラハムを呼んで来てくれるかい？　お父さんたちは村長の家に行くから」

「はーい」

「サティ、君は」

「いいよ、わたしはあんまし興味ないし。ここでご飯作ってるから、早めに切り上げて戻っておいで」

「そうか。じゃあ行って来るよ」

いずれにせよいつまでも広場で便便としているわけにもいかない。荷物などは御付きや護衛たちに任せ、ベルグリフたちはヘルベチカとセレンを伴って、村長のホフマン宅へと向かった。

庭先で馬の体を洗っていたホフマンは、ヘルベチカたちの姿を見とめるや大慌てで両手を拭いながら頭を下げた。

「これはこれは御領主様……」

「ご無沙汰しております、村長」

にっこりと笑いかけるヘルベチカに、ホフマンは恐縮したようにぺこぺこと何度も頭を下げる。青髪の女行商人から来訪を告げられていたとはいえ、目の前にするとやはり緊張するようだ。

いつもするように庭先に椅子やテーブルを引き出して囲んだ。

周囲の生垣に綺麗な花が咲き、春風にそよいでかさかさと揺れている。

支度をしているうちに、アンジェリンがグラハムを連れて来た。ミトも一緒である。

冒険者でなくとも、おとぎ話として流布している〝パラディン〟の冒険譚は子供の頃に聞かされる事が多い。ヘルベチカも、一瞬だけしゃちほこばった様子を見せたが、おかみさんみたいな格好で子供にまとわりつかれているグラハムを見て、思わず吹き出した。グラハムの方は相変わらずの表情である。赤ん坊を抱いたまま小さく頭を下げた。

「……お初にお目にかかる。グラハムだ」

「ふふっ、こちらこそ。ヘルベチカ・ボルドーと申します」

「お久しぶりです、グラハム様。お元気そうで」

セレンも笑いながら頭を下げる。

「こんな格好で申し訳ない……子供らが離れてくれぬでな」

「いえいえ、大丈夫ですよ」

雰囲気が和らいだままお茶が出て、少しばかりの雑談の後、ダンジョンの話になった。こうなっては、ミトの事も隠し通せるものではない。ヘルベチカたちを信頼して、その事も打ち明けた。

当然ながら驚いた顔をした二人だったが、彼女たちもベルグリフやアンジェリンの事は信頼しているし、グラハムを始めとした実力者が揃っている事もあって、特にミトの事を追及する気はないようだった。

そこから、前回の旅路で魔石を得て来た事。それを加工してグラハムが特殊な道具を作った事などを説明した。ヘルベチカは口元に手をやって、考えるような顔でミトを見た。ミトはきょとんとした顔でヘルベチカを見返している。

「……では、ミト君の魔力を利用してダンジョンを」

「そういう事になります。前例がありませんから、我々もあまり詳しい話はできないのですが」

「そうでしょうね。中々聞かない話です」

「どうだい、実際のところ。ダンジョンはボルドーにとっても悪い話じゃないと思うけど」

カシムが言った。ヘルベチカはにっこり笑った。

「端的に言って難しいですね」

予想外の言葉に、一同は目を丸くした。アンジェリンが身を乗り出す。

「ヘルベチカさん……お父さんに振られたのがそんなに悔しいの？」

「ちょ、ちょっと！　人が意趣返しに意地悪をしているみたいに言わないでください！」

「違うの……？」

「全然違いますから……こほん」

ヘルベチカは咳ばらいを一つして、周りを見やった。

「まず、そのように便利なものであれば正直なところボルドー近郊に欲しいですわ。ミト君の魔力次第で難易度が調節できる、と考えてもよさそうですから。それに何かあった際にも、大きなギルドが近い方が対応が楽です」

「そうでしょうな。初めはそれで考えていたんです」

「ふむ？」

ベルグリフは、最初こそボルドー近郊に造る事を考え、グラハムが旅支度や準備を整えていた事を話した。

「しかし、若者たちがトルネラにダンジョンが欲しいと言い出したのです。経済基盤になるというのも理由の一つですが……若者たちが村を出るよりは、こちらでつなぎ止める何かがあった方がいいと思ったのも事実でして」

「成る程……ふふ、ベルグリフ様やアンジェリン様に憧れた者たちが増えたのですね？」

ベルグリフは苦笑した。

「そう言われると立つ瀬がないのですが……概ねそんなところです。もちろん、村の中でもダンジョンに良い顔をしない者たちもおりますが、表立って反対する者はおりませんので」

「それが怖いのですよ、ベルグリフ様」

ヘルベチカは真面目な顔をしてベルグリフを見た。

「不満というのは蓄積していくものです。表に見えずとも、人の心というのは不意に爆発するもの。今はまだ問題が起こっていないから静かなだけ、という事もあります。ダンジョンは人が出入りするものでしょう。経済基盤としたいのであれば、トルネラの若者だけではなく、外から冒険者が入って来る事は現実的に避けられない話です」

「そりゃそうだ。だがそれが何か問題か？」パーシヴァルが言った。

「例えば、元から交易の要所として人が出入りする場所であれば問題ないでしょう。しかし、トルネラは農村です。ベルグリフ様の噂を聞くまでは、わたしも見落とすほどに小さな、ね」

「えっと、つまり？」

アンジェリンが首を傾げた。ヘルベチカは微笑む。

「人の出入りが少ないという事は、外部から人が来る事を拒む傾向があるのですよ。安定と平穏を求める農村の文化と、変化と刺激を求める冒険者の文化は違います。その違いが問題を引き起こすのは間違いありません」

「ちょっと待ってくれよ。トルネラはそんなに排他的じゃないぜ？　オイラたちだってよそもんだけど、ちゃんと受け入れてくれてる」

「それはベルグリフ様のおかげでしょう。カシム様もパーシヴァル様も、ベルグリフ様の旧友であるという前提があります。察するに、トルネラで受け入れられている外部の者は、誰もがベルグリフ様を介してではありませんか？」

ヘルベチカはそう言ってホフマンを見た。ホフマンは目を伏せて頬を掻いた。

「それは、確かにそうですな……カシムやパーシー、サティはもちろん、グラハムさんもダンカンもベルのとりなしがあったし……いや、しかし彼らが良い連中だったからこそで」

「もちろん、そうでしょう。しかし、ダンジョンを造り、ギルドを経営する事になれば、それこそ縁もゆかりもないならず者のような冒険者がやって来る事だってあり得ます。むしろ確定事項でしょうね。ダンジョンに前向きでない者は些細な事も不満として溜め込むでしょう。問題とは言えずとも、村の雰囲気が変わる事自体を不快に思う事だってあります。それだけではない、それを利用して自分が甘い汁をすすろうという者まで呼び込む事になっては、いずれ村が分裂するかも知れません」

「俺やグラハムじいさんが抑えるのじゃ不十分か？」

パーシヴァルがやや不機嫌そうに言った。しかしヘルベチカは泰然としている。

「とても頼もしいですわ。けれどこれは何かを切り伏せて解決する問題ではありません。そもそも一年中、一日中気を張り続けられますか？」

パーシヴァルは黙って目を伏せた。彼も熟練の冒険者だ。出来ない事を強がって出来ると言うような無鉄砲さはない。

「ちょ、ちょっと待ってよ、ヘルベチカさん……」

アンジェリンが焦ったように口を挟んだ。

「言ってる事、全部分かるよ。大事な事だと思う……でも、まだ推測だけじゃない……そんな風に考えてたら、新しい事なんて何にもできないよ……それに、そうそう悪い人なんか来ないよ。来てもお父さんもおじいちゃんもいるんだし……」

「……わたしもそう油断して、マルタ伯爵の謀反を招いてしまったのですよ」

これにはアンジェリンもベルグリフも二の句を継げずに口ごもった。

確かにヘルベチカは意地悪で言っているのではない。自分が味わった苦い経験を元に、トルネラの事を考えて言ってくれているのだ。だから強硬に反論しようとも思えなかった。

一同が困ったように顔を見合わせているのを見て、ヘルベチカはくすくす笑った。そうしてぽんと手を打ち鳴らす。

「さあ、問題点を理解していただいたところで、建設的な話に参りましょうか」

「……はっ？」

これには一同、また別の意味で目を丸くした。アンジェリンがおずおずと口を開いた。

「……ヘルベチカさん、反対じゃないの？」

「難しい、とは言いましたよ？　誰が反対なんて言ったのです？」

ヘルベチカはそう言っていたずら気に笑った。カシムが降参したように両手を上げた。

「こりゃ参った。流石は領主様だよ、オイラたちじゃ敵わんね」

「……ダンジョン経営ともなれば、剣の腕よりも政治の才覚ってわけか。お手上げだ」

パーシヴァルもそう言って苦笑いを浮かべた。アンジェリンが口を尖らしてヘルベチカを見、それからセレンの方も見た。

「……気付いてたの？」

セレンはくすくすと笑いながら頷いた。

「お姉さまの目が輝いてましたからね。乗り気なのは間違いないかな、と」

だから口を挟まずに黙っていたのか、とベルグリフは頭を掻いた。今回はこの姉妹に完全に一本取られたようだ。

セレンと同じように何となく事情を察して黙っていたらしい様子のグラハムが、口を開いた。

「……そなたたちは、村人たちの不満がベルやその周辺に向く事を懸念しておられるのか」

「ふふ、そうです。村長や若者たちも関わっているとはいえ、言い方は悪いですが、ダンジョンの話も中心は殆ど外から来た方々ばかりで固められています。いざ問題が起きれば、よそ者という分かりやすい記号に不満が向くのは想像に難くありません」

「いや、我々は……や、そんな事は言えませんな」

何か言いかけたホフマンだったが、諦めたように口をつぐんだ。現にかつてベルグリフを邪険にしたという過去がある分、絶対にそんな事はないと言うのが憚られるらしい。

ベルグリフがホフマンの肩を叩く。

「あんたが気にする事ないさ、村長」

「……色々言いましたが、わたしはトルネラは他の村とは違うと思っているのですよ。だから、もしかしたらわたしの懸念は半分も当たらないかも知れない。しかし、物事に絶対はありませんから」

ヘルベチカは言った。ベルグリフは頷く。

「それが領主としての務めでしょう。当然の事です」

「そうだよ。ミトの騒動の時だって、どいつもこいつも助けようって言ってくれたじゃんか。何とかなるって」

カシムがそう言ってからから笑った。パーシヴァルが身を乗り出す。

「それで領主様よ、具体的にはどうすればいいと思う？」

「現状では、村での話し合いでダンジョンが決まったという事になっているのでしょう？　それはつまり、言い出しっぺが責任を負わされるという事。それがベルグリフ様だというのが、わたしには不安なのですよ」

「……言い出しっぺはパーシーさんだけど」

アンジェリンが言うと、パーシヴァルは目を逸らした。ヘルベチカがふふっと笑う。

「ともかく、責任を負う立場はベルグリフ様なのでしょう？　その上に誰かがいれば……そう、例えばボルドー家から直接とか」

ベルグリフは合点がいったように頷いた。

「なるほど……村主導という形ではなく、領主であるボルドー家直々の管理という形にするわけですか」

「そうです。それでも完全に不満を取り除くのは難しいでしょうけれど……」

ヘルベチカはそう言ってお茶をする。セレンが後を引き取るように言った。

「自分たちで言うのも何ですが、ボルドー家の威光というものも馬鹿にできませんからね。不満が爆発して大問題に発展する、という可能性は抑えられるのではないかと」

トルネラは良くも悪くも気質が古いところがある。開拓者の子孫としての矜持もあるけれど、自分たちを田舎者だと自認している分、領主を始めとした貴族階級に対しては従順だ。そのボルドー家直々ともなれば、自分を納得させやすいのだろう。ボルドーは既に領主と冒険者ギルドとの連携ができている。トルネラでもそうするのは難しい話ではあるまい。

「しかしそうなると……ボルドー本領から誰かが来なくてはならないのでは？」

ベルグリフが言うと、ヘルベチカは待ってましたと言うように胸を張って手を当てた。

「もちろん、その通りです。そこでわたしが直々にトルネラに居を移してですね」

「お姉さま!?　何をおっしゃっているのですか！」

「あら、駄目かしら？　本領にはアッシュもいるし」

「駄目に決まってるでしょう。領主が本領を離れては差し障りがあるに決まっているではないですか。誰か別の者を任命していただかないと」

「そう。それならセレン、あなたがなさい」

「……えっ!?」

「あなたもそろそろ村か町の一つを治めて経験を積む頃だと思っていたの。トルネラならベルグリフ様方もおられるし、預けるのも安心だわ」

「えっ、えっ、そんな事急に……」

「セレンなら大歓迎だよ……」

アンジェリンが嬉しそうにセレンの肩を抱いた。セレンはもじもじしている。

「それは……もちろんそういう時が来る事は考えていましたけれど……で、でも現村長のホフマン様がおられるのですし、わたしのような若輩が……」

「いやいやいや、セレン様に来ていただけるなら、私なんぞはもう……」

「で、でも……」

しばらく考えていたベルグリフが口を開いた。

「では、ひとまずホフマンが村長のままで、セレン殿には村長補佐という形で入っていただくのはいかがでしょう?」

「そうね、それが波風が立たなさそうでいいわ。セレン、それでも嫌?」

「い、いえ、そういうわけではないのですが……」

「それならいいじゃないの。別にずっとトルネラにいろというわけじゃないの。ここは新しい形を模索しているのだから、あなたが力になってあげなさい。やり遂げれば、あなたにもいい経験になる筈よ」

セレンは目を伏せて嘆息した。

「……分かりました。でもすぐには無理ですよ？　諸々の準備がありますし」

「それはもちろん。それに、ダンジョンだってすぐには動かせないでしょう。ねえ、ベルグリフ様？」

ベルグリフは苦笑交じりに頷いた。

「我々もそういった事に関しては素人ですから……体制作りをしない事にはまだ稼働するのは難しいかと」

「ね？　大丈夫、わたしもちょくちょく様子を見に来てあげるから」

「……ヘルベチカさん、それが目的じゃないの？」

警戒するようなアンジェリンの言葉に、ヘルベチカはぺろりと舌を出した。パーシヴァルが声を上げて笑う。

「こいつはいい。冒険者上がりばっかりよりはよほど心強いぜ」

「ま、これで焦る必要がなくなったって事だね。セレンちゃーん、よろしく頼むよー」

カシムがにやにや笑って山高帽子を指先でくるくる回した。ホフマンがホッとしたような顔をする。

「では、この話はひとまず大丈夫って事ですな。ヘルベチカ様、明日は村の春告祭なんです。是非参加して行ってください」

「ありがとうございます、喜んで」

何だかまた凄い事になって来たな、とベルグリフは思いながら、少し冷めたお茶を口に運んだ。グラハムも満足そうに微笑んでおり、ミトはよく分かっていないような顔をして、皆の顔を順番に見ている。

アンジェリンがにまにましながらベルグリフの腕に抱き付いた。

「セレンが村長！　凄いね……」

「そうだな」

元はといえば、アンジェリンがセレンを助けた事からつながった縁である。巡り巡ってこんな事になるとは、とベルグリフは笑い、さて、昼飯にしようと皆を伴って広場へと戻った。

陽は高く、いいお天気である。

一三〇　朝日が平原を照らすと、朝露に

朝日が平原を照らすと、朝露に濡れた草がきらきらと光る。そんな中を踏み分けて歩いて行くと、靴やズボンの裾はぐっしょりと濡れた。ベルグリフが大きく息をつくと、白く漂ってゆっくりと消えて行った。

いつもの見回りに出ていた。

春告祭の朝だろうと、この毎朝の日課は欠かさない。義務感というよりは、既に日常になってしまっていて、やらない方が気持ちが悪いのである。

「お父さん」

後ろから来たアンジェリンがベルグリフの手を握った。

「いい天気だね……」

「そうだな。いつもの事ながら、晴れてよかったよ」

辺りには靄が立ち込め、まだ空は白っぽいが、陽が高くなる程に抜けるような青みを増す。春先の精いっぱいの御馳走は舌を楽しませてくれるが、冬の曇り空に縮こまっていた村人たちにとっては、燦々と注ぐ陽の光こそが何よりの御馳走かも知れない。

隣に立ったアンジェリンが大きく欠伸《あくび》をした。ベルグリフはそれを見て微笑む。

「アンジェは、明日には出るんだったか」

「行商人さん次第だけど……多分そうなると思う」

もう青髪の女行商人とは話をつけていて、春告祭が終わった後に便乗してオルフェンに戻る事になっている。恐らく今回来た行商人たちはまとまって隊商を作って南下するだろう。馬車の数は十分そうだ。

アンジェリンはベルグリフの腕を抱いた。

「あのね、夏の間仕事して……秋祭り前に帰って来るね」

「はは、前もそんな事を言ってなかったかい？」

「前はエストガルに呼ばれて帰れなかったけど……今度は帰って来るの。それで皆で岩コケモモを採りに行く……」

最早トルネラに於けるアンジェリンの心残りはそれだけらしい。ベルグリフは笑ってアンジェリンの頭を撫でた。

「そうだな、そうしよう。その頃には……ダンジョンの話ももう少しまとまってくれていると思うよ」

「えへへ、楽しみ……」

ある意味浮ついた状態になっていたトルネラ村は、ヘルベチカによって良くも悪くも現実に引き戻された。魔獣相手には無類の強さを誇る冒険者が揃っていようとも、ギルドの運営ともなれば話は変わって来る。腕っぷしの強さだけではどうにもならない。

理解があって協力的な領主がいてくれるのは幸せな事だな、とベルグリフは顎鬚を撫でた。

「……わたし、先に戻ってるね」

アンジェリンは思い出したように言うと、足早に丘を下って行った。ベルグリフはそれを見送りながら、苦笑交じりに息をついた。

アンジェリンたちが何か企んでいるらしい事は、何となく窺い知れた。パーシヴァルやカシムもその仲間である事は一目瞭然である。面子が面子だけに碌な事でないのは確かだが、簡単に気取られてしまう辺り可愛いものだ。まあ、黙って騙されてやるかと思う。

陽光に照らされた平原から、真っ白な靄が上っている。それらを吹き払うように風が吹いて来て、ベルグリフの髪やマントを揺らした。

若い頃にトルネラを出る日も、こうやって朝にこの丘に登った事を思い出す。朝靄に陽が射して、濡れた草がきらきらしていた。尤も、季節は秋だったが。

村の家々の煙突からは煙が筋になって立ち上っている。もうじきに教会で礼拝が始まる。

ベルグリフは右の義足でとんとんと二回地面を蹴り、それからゆっくりと丘を下って行った。

○

林檎酒の樽を開けると、酒精の交じった甘い香りが漂って来た。

秋に仕込まれて、冬の間じっくりと寝かされた林檎酒を開けるのは、春告祭の楽しみのひとつだ。同じように作っても、年によって、あるいは樽によって味わいは微妙に違う。上等の味わいのものもあれば、酸味の強いもの、癖のあるものなど様々だ。それでも、その味わいがどれも長い冬を越した後の祝いの味に感じられるのだった。

礼拝を終え、広場に出ればもう宴会である。

昨今は作物の収量も安定し、冬場を乗り切る事も難しくなくなって来ているが、かつての時代は、冬越えというものは辛く厳しいものであった。古老から語り伝えられている開拓時代の昔話などでは、食料が足りずに餓死した者や、燃料不足で凍え死んだ者の話も聞く。そんな時には、暖かな春の訪れは本当にありがたいものであった筈だ。

その頃の喜びとは比べようもないかも知れないが、もちろん今になっても春の到来は喜ばしい。何をおいても始まりの季節だ。始まりというのは、いつも気持ちが昂るものである。村人たちは林檎酒を酌み交わしながら、つつがなく冬を越せた事、暖かな春が今年も来てくれた事を、主神ヴィエナと精霊、祖先の霊たちに感謝した。

「うん、今年のも中々いい出来だ」

「先に味見したやつよりもいいな。強く出来てる」

「ヘルベチカ様、こちらをどうぞ」

「ありがとうございます」

無論、領主の姉妹も宴席に連なり、まだ陽の高いうちからの酒盛りは既に盛り上がっている。

たき火で炙られている肉や魚が良い匂いを漂わせる中、村の演奏上手たちとルシールが楽器を鳴らした。弦楽器に笛、太鼓の陽気なリズムがそこいらに響き渡り、音に合わせて子供たちが跳ね回った。すっかり兄貴分になって、子供たちに引っ張り回されているビャクも一緒になって面倒臭そうに踊っている。

ルシールの六弦と歌声が一際大きく耳に届くようだった。いつもの北部の音楽に、南部のリズム感の強い音が交じって、何だか新鮮に聞こえた。

「しぇけしぇけべいべ……やくもん、かまん」

「あん？　あー……余興な。よしよし」

林檎酒を傾けていたヤクモが槍を片手に立ち上がった。少し辺りを見回して、子供の遊ぶ小さなボールを見つけて手に取る。それをぽんと宙に放って、槍の石突きの上で器用に受け止めた。

「さあさ、皆様お立ち会い。本業は切った張ったの冒険者なれど、昔日取りし杵柄稼業、槍と毬との出会いと別れ、舞って御覧に入れましょう」

滑らかな口上の後、傾けた槍の柄をボールが転がって行く。そのまま落ちるかと思われたが、ヤクモは器用に槍を動かすと、まるでボールがひとりでに槍の柄にまとわり付くかのように動いた。ぽんと打てばボールは宙に舞い、受け止めると柄の周りを螺旋を描くように転がり、そのままヤクモの腕から肩、首を通って反対側へ、そのまま天秤に担いだ槍の柄へと戻って再びぽんと宙を舞う。

ボールはそのまま足先で二度三度と蹴り上げられた後、今度は頭の天辺に乗っかり、それからまた宙を舞って今度は石突きの先端に収まる。上手くバランスを取ったもので、ボールはゆらゆらと揺れているのに、ちっとも落ちる気配がない。

まるで生き物のようなボールの動きと、しなやかに踊るようなヤクモの動きに、村人たちはやんややんやと喝采を送った。

一通り芸を見せたヤクモはぺこりと頭を下げると、近くの子供にひょいとボールを投げてよこした。たちまち子供たちが群がり、これは生きているのか何なのかと騒がしく検分している。

「凄い。器用だね、ヤクモさん……」

隣に腰を下ろして来たヤクモに、アンジェリンは拍手しながら言った。

「なぁに、これくらい大した事じゃないわい」

「いや、ホントに凄いですよ。大道芸もやってたんですか？」

アネッサが言った。ヤクモは煙管を咥える。

「まあの。駆け出しの、まともに仕事がない頃にな。高位に上がってからも、たまに気分転換の小銭稼ぎにやったりもしておった。それであの犬っころに出くわしたんじゃ」

「ああ」

「なるほどー、そういうきっかけがあったんですねー」

ミリアムがそう言って笑った。

思えば東部と南部という、ちぐはぐな組み合わせの二人である。どういうきっかけかタイミングを逃して聞いていなかったが、大道芸つながりとは意外だなとアンジェリンは思った。

ヤクモは煙を吐き出して、そっとアンジェリンの方に顔を寄せた。

「そんで、おんしらの悪だくみはどうなったんじゃ？」

「悪だくみじゃない……これから」

「ふぅん？　しかしのう、結婚式ちゅうても何をするんかいな？」

「パーシーさんとカシムさんは、みんなの前でチュウさせるって言ってる……」

「……しょうもないオヤジどもじゃな」

ヤクモは苦笑交じりに煙管の灰を落とした。

もちろん、アンジェリンたちだってベルグリフとサティの結婚を祝うという気持ちは十分にある。しかし同時に、飄々としている二人が照れて困っている所が見たいというのも偽らざる本音である。

計画といっても、大した事をするわけではない。折を見て二人を前に引っ張り出し、村人皆ではやし立ててお祝いする。ただそれだけの事だ。だがそれをする為にこっそりと村人ほぼ全員に話を回したのは真面目というのか阿呆というのか、それはアンジェリンたち本人にも分かっていない。

いずれにせよ、賑やかな宴席にかこつけて、大いに二人を冷やかしてやり、結果的に二人が夫婦としてもっと親密になってくれれば言う事はないという、考えているのだかガバガバなんだかイマイチはっきりしない計画である。

ともあれ、タイミングを見計らいつつも、今は素直に祭りを楽しんでおけばいいのだ。

アンジェリンは林檎酒を舐めながら、何ともなしに広場を見回した。サティは音楽に合わせて跳ねる双子やミトを見ており、ベルグリフは向こうの方でパーシヴァルやカシム、ケリーなどの親父組で何か話していた。

こんな時まで別々でなくてもいいのに、とアンジェリンは頬を膨らます。

そこにセレンがやって来た。

「アンジェリン様、こちらよろしいですか？」

「うん、いいよ……」

セレンはホッとしたような表情でアンジェリンの向かいに腰かけた。ミリアムが林檎酒を入れた酒器を差し出すと、セレンはコップで受けた。

「新村長さんはお疲れですにゃー」

「もう、からかわないでください……でも寝耳に水で、まだちょっと混乱気味です」

「今すぐってわけじゃないんだし、そんなに気にしないでもいいんじゃないか？」

アネッサが言うと、セレンは苦笑した。

「逆に今すぐという方が勢いもあって楽なような気もしますね。準備があると……色々考え過ぎてしまいそうで」

「真面目なのはいい事……よしよし」

アンジェリンは手を伸ばしてセレンの頭を撫でた。セレンはくすぐったそうに目を細めた。満更でもなさそうだ。

「あれ、ヘルベチカさんは？」

アネッサがそう言って見回す。セレンはハッとして視線を動かした。

「さっきまであちらに……あっ」

見ると、ヘルベチカはベルグリフの隣でしなだれかかるようにして酒器を差し出している。ベルグリフは苦笑しつつも拒んではいないらしい。パーシヴァルたちはげらげら笑っている。

「お姉さま！」

セレンが焦ったように立ち上がって、そちらに駆けて行った。

ヤクモがくつくつと笑った。

「ありゃ寝取る気満々じゃのう。勝ちの目はなさそうなのに、めげないお人じゃ」

「おのれ、お父さんが優しいのにかこつけて……許さんぞヘルベチカさん！」

猛然と立ち上がろうとしたアンジェリンを、アネッサとミリアムが押し留めた。

「許さんぞ、って何をする気なんだよ、座ってろ」

「セレンに任せとけばいいって。アンジェが出るとややこしくなるから我慢我慢ー」

「だって……」

不満そうなアンジェリンを見て、ヤクモが笑った。

「そうカリカリせんでもよかろう。それに、恋敵がいた方が燃え上がる思いもあるものよ」

「おお、経験者は語る、ってやつですかにゃー？」

ミリアムがにやにやしながら言うと、ヤクモは面食らったように目を白黒させて、ぷいとそっぽを向いた。

「……儂の事はどうでもよかろう」

「あれれ、もしかして図星だった？」

「ヤクモさんもそういう甘酸っぱいエピソードとかあるんですか？」

「聞きたい……」

詰め寄って来る三人娘に、ヤクモは苦々しい顔をしながら煙を吹きかけた。三人はわあわあと言って手で煙を払う。

「やかましいわい、野次馬どもが……大体、おんしらの方が儂よりも若いじゃろうが。そっちこそ浮いた話の一つや二つあろうが。ええ？」

三人は顔を見合わせた。

「……ない」

「ないな……」

「ないね……」

「……お、おう」

三人とも何となく悲しげである。

一応危機感はあったのか、とヤクモは笑っていいのか何なのか、片付かない表情で煙管の灰を落とした。

両手に三つずつ串焼きを持ったマルグリットがやって来て、不思議そうな顔をして首を傾げた。

「何やってんだ、お前ら」

○

セレンに引っぺがされたヘルベチカだったが、それでもベルグリフの近くに陣取って一歩も引かぬように思われた。

「別に取って食おうというのではありませんもの。さ、ベルグリフ様もう一献」

「は」

「お姉さま、そんな風に無分別な事をしては」

「あら、お酌するだけで無分別だなんて」

「あの、ヘルベチカ殿。いくら迫られても私は」

「迫るだなんて人聞きの悪い。親愛の情を表すのはご迷惑？」

にこやかにそう言われては、どうにも突っぱねられないのがベルグリフという男だ。まして相手がヘルベチカであれば尚更である。

ベルグリフはちらとサティの方を見た。遠くでグラハムと一緒に子供の相手をしている。ベルグリフの方を見もしない。余裕綽々といった様子で、もしかして俺は彼女に試されているのではあるまいか、と変に邪推してしまう。

カシムが空のコップをひらひらと振りながら笑った。

「めげないねーちゃんだねえ、へっへっへ。オイラにもお酌してよ」

「ええ、喜んで。パーシヴァル様もいかがですか？」

「領主のお酌とは豪儀なもんだな。しかし肝が据わってんな。女にしとくのが勿体ねえ」

「ふふ、父にもよく言われましたわ。でもわたし、女でよかったと心底思っておりますのよ」

そう言ってヘルベチカはベルグリフにウインクした。ベルグリフは困ったように頭を掻いた。誤魔化すように笑うくらいしかできない。一回り以上も下の女性にすっかり手玉に取られているような気分である。

ケリーがからからと笑った。

「まったく、ベルがこうなってる光景を見るとはよ」

「色男は辛いよねえ、へへへ」

「何言ってるんだ、まったく……」

ベルグリフはちらとヘルベチカを見た。にこにこ笑ってジッとこちらを見返している。

こういう時にきっぱりと言える性格ならよかったのだが、とベルグリフは額に手をやった。いざそう決めてみても、面と向かってはどうにも言うのが憚られてしまう。必要な事であるとはいえ、相手を悲しませるという事に気が引けるのである。

仕官の勧誘に来た頃のヘルベチカは容易にあしらえたけれど、それから今までの間に彼女も一皮むけたというか、小娘のような雰囲気から、無邪気さをあえて武器に使えるくらいのしたたかさを醸すようになって来たように思う。そんな相手は、子供をあしらうようにはできない。ベルグリフには一番苦手な相手だ。

しかし、だからといってヘルベチカになびこうというつもりは一切ない。彼女の事はもちろん好きだが、それは親愛の情であって、恋愛だの夫婦だのといった類のものではない。

だからきっちりしたいのだが、できない。

歯がゆい気持ちでコップの林檎酒を干すと、ヘルベチカがすぐにお代わりを注いだ。もう何杯目だか分からなくなって来た。酔いが回って来たのか、頭の隅が痺れたような感じだ。

「ふふ、良い飲みっぷりですね。ささ、もう一杯……」

「お姉さま、いい加減になさいまし。ほら、ベルグリフ様ばかりではなく、他の皆さんとも交流しないと」

「ああ、ちょっとセレン。分かったから、引っ張らないで！」

いよいよ業を煮やしたと思しき様子のセレンに、ヘルベチカは引っ張られて行った。

助かったような心持でベルグリフは息をつき、にやにやしている友人たちをジトッと睨んだ。

「……友達甲斐がないな、君たちは」

「お前の問題だろうが、甘えんな。嫁がいる癖に若い娘にでれでれしやがって」

「してないよ……してるように見えた？」

「そりゃもう。顔真っ赤だし」

とカシムが言った。パーシヴァルがにやにやしながら顎を撫でた。

「赤鬼が赤くなってるってわけか」

「いや、これは酒のせい……ああ、まいった」

ベルグリフは嘆息して、また林檎酒を含んだ。酒ばかり飲んでいては、却って喉が渇いて仕様がない。

ケリーが目を細めてコップの中の林檎酒を揺らした。

「ま、昔っから優しい奴だからな、お前は……だがよ、こういうのは早めにはっきりさせとかないと、ヘルベチカ様が余計に可哀想だぞ。変に期待を持たせちゃいかん」

「分かってるよ……駄目だなあ、俺は……」

喉が渇く。またコップが空になった。

「そうやってすぐに気落ちするんじゃねえよ、情けねえな。ダンカンとハンナを見習え」

手酌で林檎酒を注ぐベルグリフの背中をパーシヴァルが叩いた。手元が揺れて、林檎酒がこぼれる。手に垂れた林檎酒を舐めながら、ベルグリフは向こうに目をやった。踊る人々の輪に交じって、ダンカンとハンナの姿が見えた。踊り慣れていないらしいダンカンが、ハンナに手を取られてひょこひょこと可笑しなステップを踏んでいる。

「……よかったよな。あの二人は」

「他人事じゃないでしょ、ベル。君もサティと踊って来ればいいんだよ」

「いや、俺は踊りは……」

「何言ってんだ、よくアンジェに引っ張られて踊ってたじゃねえか」

そう言ってケリーが笑う。ベルグリフは頭を掻いた。喉が渇く。これは酒ばかり飲んでいるせいだろうか。それとも緊張感や焦燥感から来る何かなのだろうか。焦っている？　何に？　駄目だ。頭がぼんやりする。いつもよりも飲むのが早いせいだ。

飲み食いして、からかわれて、そんなこんなで時間は過ぎて行く。次第に陽が高くなり、高くなった陽は西に傾いて、少しずつ赤みを増した。

喉の渇きに任せていつもより早いペースで、かつ多く林檎酒を飲んだベルグリフは、珍しく酔ったような気分だった。無論、前後不覚になる程ではない。しかし少し気持ちがふはふはして、何となく地に足が付いていないような気がした。

「カシム……水……」

「なんだい、君にしちゃ珍しい感じだね」

カシムがやや呆れたような様子で、コップに水を入れて差し出した。酒豪の彼は顔色一つ変えていない。同じく酒に強いパーシヴァルが面白そうな顔で言った。

「しかし却って好都合か。おいベル、ちょっと来い。カシム、サティ連れて来い」

「よし来た」

「え……なに？」

パーシヴァルに促されて立ち上がったベルグリフは首を傾げた。

鈍くなった頭で考えるに、そういえばこの二人とアンジェリンとで何か企んでいたような気配がある。仔細は知らないが、どうにも嫌な予感がする。

引っ張られて行くと、周囲の村人たちも何だか盛り上がっている様子である。待ってました、という声まで聞こえるから、どうやら自分たち以外のほぼ全員がグルになっているらしい。

訳も分からずに押し出されると、同じように連れて来られたらしいサティがきょろきょろと辺りを見回していた。

「サティ」

「あ、ベル君。なにこれ、どういう事？」

「いや、俺にも何が何だか……」

二人して首を傾げていると、ハルとマルの双子とミトがシャルロッテに連れられてやって来た。

「サティ、しゃがんで」

「早く早く」

「んん？」

言われるがままにサティがしゃがむと、その首に大きな花輪がかけられ、さらに頭に花冠がかぶせられた。春の花々は華やかに彼女を彩り、子供たちは満足そうに頷いている。

「かわいい！」

「にあう」

「みんなで作ったんだよ。ね」

「手分けしてお花を摘んで来たの！　お母さま、よく似合ってるわ」

「あはは、ありがと……」

サティはちょっと照れ臭そうに頬を染めて、花冠に手をやった。

ぽかんとしているベルグリフの背中を、パーシヴァルが叩いた。

「どうだ、感想は」

「え？　あ、いや、よく似合うと思う」

「そうかそうか。おい神父さんよ、頼んだぜ」

何だか神妙な顔をしたモーリス神父が出て来たので、ベルグリフは面食らった。

「おほん……ベルさん、サティさん、この度はおめでとうございます。主神の祝福のあらん事を」

「は……あ、ありがとう……な、なに？」

「いえ、パーシーさんやアンジェさんが、きちんとお二人の結婚式をするべきだとおっしゃいまして、成る程その通りだな、と」

そういう事か、とベルグリフは額に手をやった。サティも困ったように笑っている。

「い、今更かー……ちょっと恥ずかしいな、あはは」

「お、サティの照れ顔とは珍しいねえ、へっへっへ」

カシムが煽るように言うと、サティは唇を尖らした。

「あなたたちはもー……いつまでも子供なんだから」

「お母さん、観念して……そして祝福されて……」

音もなく現れたアンジェリンが、サティの腕を取った。

「アンジェまで……分かった分かった。いいかね、ベル君？」

「あ、ああ……」

結婚式、といっても大した事をするわけではない。大抵の場合は教会に行き、主神ヴィエナの前で互いの愛を誓って祝福を受けるのである。要するに夫婦としての宣誓をするのであって、細かな作法が決められているわけではない。

だから二人もそれに乗っ取って、神父の前に並んで立った。

「えっと……ベル君はわたしの旦那様、って事でいいんだよね？」

「うん……君は俺の妻という事になるね」

モーリス神父が咳払いした。

「では二人は互いを夫婦と認め、愛し合う事を主神に誓いますか」

「はい……」

「誓います」

「本当ですか？」

騒然としかけた中、凛とした声がした。

見ると、ヘルベチカが口を尖らして立っている。アンジェリンが顔をしかめる。

「ヘルベチカさん……」

「お姉さま、この期に及んで」

しかしヘルベチカは毅然とした態度でアンジェリンもセレンも突っぱねた。

「いいえ、ここは言わせていただきます。お二人が仲良しなのは見ていても分かります。お似合いだとも思いますわ。けれど、そんな風に互いに妙な遠慮があるように見せられては、わたしだって引くに引けないじゃないですか！」

ヘルベチカは怒ったようにサティに詰め寄った。サティは目を白黒させる。

「え……ごめん、なさい？　え？　怒られてるの、わたしたち？」

「はい、怒ってます。どうせなら諦めがつくようにしてくださいませ！　そんな周りに流されたから一緒になった、みたいな風じゃ納得いきません！　そんなんじゃ奪いますよ！　本気で！」

周りを囲む観衆は、面白くなって来たぞと互いに囁き合った。これは予想外だな、とパーシヴァルとカシムは顔を見合わせている。アンジェリンたちもどうしていいのか分からずおろおろしている様子だ。

ベルグリフはしばらく考えるように目を伏せていたが、やがて口を開いた。

「……確かに、ヘルベチカ殿の言う通りだな。俺は流されてた」

「え……お、お父さん？」

アンジェリンが不安そうにベルグリフを見た。本当は、好き合ってなんかいないのだろうか。そんな思いに心臓が高鳴って、思わず胸を押さえる。

だが、ベルグリフはサティの方を真っ直ぐに見た。

「サティ、好きだ。いや……多分、ずっと好きだった。昔から。俺は朴念仁で、人の気持ちにも自分の気持ちにも鈍感だけど……それでも確かに君が好きなんだ。ハルとマルがいるからじゃない。アンジェがいるからというわけでもなしに……俺は君が君だから、俺の隣にいて欲しいと思ってる。俺の嫁さんになってくれるか？」

ベルグリフはそう言って、そっと手を差し出した。

「あ、あう……」

サティは白い肌を耳まで真っ赤にして口をもごもごさせていたが、やがて小さく頷き、差し出された手を握りしめた。

「わたしも……好き、だよ。ベル君……よろしく、お願いします……」

沈黙があった。皆、息をするのが憚られるようだった。

ちゃらん、と六弦の音が鳴った。ルシールが歌うように言った。

「おめでと、べいべ」

途端に、爆発するような歓声が響き渡った。

「おぉい！　ベル！　お前、意外に情熱的じゃねえか!!」

「ちくしょー、今日は飲むぞコノヤロー！」

「もう飲んでるじゃねえか」

「ベルさん、おめでとう！」

「サティさん、よかったね！」

「二人ともおめでとう！」

「おめでとー！」

「幸せになれよ、こんちくしょー！」

押し寄せた村人たちにもみくちゃにされ、ベルグリフは苦笑した。サティは頬を染めたまま、けらけらと笑っている。子供たちが花を振り撒いて、また賑やかに演奏が始まった。

それを眺めていたヘルベチカはにこりと微笑んで、すっと踵を返した。初めは穏やかに、しかし段々と足取りが早くなった。人ごみから離れるほどに微笑みが段々と崩れて、目から涙がぼろぼろこぼれた。

「……うぅ、負けたぁ……」

べそべそと涙を拭いながら鼻をすする。

「おう、領主様か。大丈夫か？」

「へへ、振られちゃったねえ……残念残念」

ヘルベチカが逃げた先には、同じように人ごみから逃げて来たらしいパーシヴァルとカシムが腰を下ろしていた。面白くなさそうな、面白くなくもなさそうな曖昧な顔をしている。

ヘルベチカはすんすんと鼻をすすりながら、指先で涙を拭った。

「……ベルグリフ様とサティ様には過去という強い絆がおありですものね」

「だが礼を言うよ。あんたのおかげでベルも吹っ切れやがった」

「けどなんか負けた気分だなあ。オイラたちの方がしてやられた感じがあるね」

「仕方がねえよ。ま、ベルが思った以上に男らしかったって事だ」

「ヘルベチカさん！」

声がした。見ると、アンジェリンとセレンが駆けて来た。

「あの……あのね」

「いえ、いいんですよアンジェリン様。ああでもしないと、わたし、自分を納得させられなくて」

ヘルベチカはそう言って微笑んだ。欲しいものは何でも手に入れて来た。それだけの力も才覚も彼女にはあった。だからこそ、手に入らなかった事が余計に悲しかった。

「お姉さま……」

「もうセレン、そんな顔しないで頂戴。道化役は笑われてこそなんだから」

「強い姉ちゃんだな。まあ、飲め飲め。こういう時は強い酒に限る」

なみなみと蒸留酒の注がれたコップを受け取ったヘルベチカは、鬱憤を晴らすようにそれを一息で飲み干した。そうして小さくむせ返りながらも、やにわに一歩踏み出して、カシムとパーシヴァルの腕をがっちりと捕まえた。

「お……？　おい？」

「……これは祝い酒です。ヤケ酒ではありません」

「や、ヘルベチカさん？　おーい？」

ひらひらと手を振るカシムを、ヘルベチカはぎろりと睨んだ。目が据わっている。

「今日はとことん付き合っていただきますわよ。あなた方の企てでわたしは失恋する羽目になったんですからね！」

「……それはやっぱりヤケ酒じゃ」

「は？」

「い、いや、何でもない……」

年若の女領主の眼光に、中年のSランク冒険者二人は何も言えなくなった。ヘルベチカはふんと鼻を鳴らして、アンジェリンをしっかと見据えた。

「アンジェリンさん！　もちろんあなたもですよ！　セレン、あなたもコップを持って」

「お、お姉さま、落ち着いて」

「いいから飲みなさい、命令です。アンジェリンさん、酒瓶！」

アンジェリンはくすくす笑って酒瓶を取った。

「喜んでお供しますぞ、領主様……」

「よろしい！　ほら、何をぼさっとしているんですか！　パーシヴァル様、カシム様、飲みなさい！　わたしの言う事が聞けないのですか！」

「は、はい」

「いただきます」

オヤジ二人、恐縮したように盃を差し出した。

「あれ、あっちで何か始まってる！」

「みんなして何処行ったのかと思ったら」

「何やってんだよ、おれたちも混ぜろー」

目敏くやって来たマルグリットやミリアム、アネッサたちも交えて、場がたちまち盛り上がり始めた。

結婚式の熱気に当てられて、まだまだ祭りは続く。

〇

陽が暮れかけていた。広場はまだ宴会が続いている。大鍋のシチューや麦粥はなくなりつつあるが、人々は祭りの尻尾にしがみ付くようにして、まだまだ家に引き上げようとはしない。

ベルグリフはこっそりと広場を抜け出して、村の外に出ていた。

春になったとはいえ、夕暮れ時の風はまだひんやりと冷たく、首筋を撫でられないようにマントの襟を口元まで持ち上げて風を防いだ。

若草が風に揺れて音を立てている。風の音なのか草の音なのか、それは分からない。高い西の山の向こうに太陽が隠れ、村は影の中に入っていた。山の稜線がくっきりとして、青い山肌はシルエットになって上からかぶさって来るように思われた。

ベルグリフは丘の上まで上って腰を下ろし、大きく息をついた。

飲み過ぎた頭に涼風が心地よい。何だか恐ろしく慌ただしい一日だったような気がする。

「……正気じゃなかった」

何だか物凄く恥ずかしい事を言ったような気がして、ベルグリフは赤面した。酒も多分に入っていたとはいえ、いい年をしてあんな大勢の前で何をやっているんだ、と腹の底がきゅうと握られるような気分だった。それもあって、みんなの前から逃げ出したくなったのだ。

ふと、さくさくと草を踏み分けて来る音がした。

「ふふ、一人で何やってるの？」

風に銀髪をなびかせて、サティがやって来た。もう花の首飾りも花冠も外している。ベルグリフは取り繕うように微笑んだ。

「ちょっと酔い覚ましにね」

「あはは、結構飲んだものね……よっと」

サティはベルグリフの横に腰を下ろした。彼女の銀髪と白い服は、夕闇の中ではぼんやりと浮かび上がるように見えた。

サティは膝を抱き、その上に口元をうずめるようにして体を縮こめた。

「陽が暮れるとまだまだ寒いねえ、やっぱり」

「ここは風が抜けるからな。余計に寒いんだと思う」

ベルグリフはふうと息をついて、もそもそと体勢を整えた。

「昔、オルフェンに旅立つ時も、この丘の上に上った。村がよく見えるからね」

「そっか……確かに、よく見えるね」

明かりの灯り始めた村の広場で、たき火の煙がもくもくと立ち上っている。

「本当に、いい村だね、ここは」

サティが言った。ベルグリフはふっと笑った。

「そう言ってくれると嬉しいよ」

「ベル君の故郷だから、心配していたわけじゃないけど……でも最初はちょっと怖かったな。受け入れてもらえるのかなって。でも皆すっごく優しくて、すぐに打ち解けてくれて……」

「君が皆を受け入れようとしていたからだよ。皆、それがよく分かってたんじゃないかな」

「そうかな？　でもグラハム様もいたし、マリーだっていたんだし、エルフに慣れていたのかもね」

「それはあるかもな」

「……ふふ」

こちらを見ながらくすくすと笑うサティに、ベルグリフははてと首を傾げた。

「どうしたの」

「いやあ、中々情熱的な告白をしてくれたなあ、と思って」

ベルグリフは一気に顔に血が上るのを感じて、思わず両手で顔を覆った。サティは笑いながらベルグリフの頭を撫でる。

「なに照れてるの。もう言っちゃった事なんだから」

「そうなんだけど……どうしてあんな……」

両手に顔をうずめたままのベルグリフに、サティはちょっと寂しそうに口を尖らした。

「じゃあ……言って後悔した？　それともその場限りの出任せだったの？」

「そんなわけないだろう……そりゃ酒の勢いはあったけど、全部本当だから恥ずかしいんじゃないか……それもあんな大勢の前で……うう」

サティは口をもごもごさせると、そっとベルグリフの方に体を寄せた。

「……わたしも思い出しちゃったよ。確かに恥ずかしいね」

「うん……」

しばらくどちらも黙っていた。

サティは黙ったままより強くベルグリフに体重をかけた。ベルグリフは肩と腕にサティの体温を感じた。そっと腕を動かし、肩を抱く。寒さのせいか、それとも何か別のものか、小さく震えているように思われた。

腕に力を込めて抱き寄せると、サティは恥ずかしそうに顔をベルグリフの方に向けた。白い肌が上気して赤く染まっているのが、薄暗い中でもはっきりと分かった。

互いの顔が近づく。唇の柔らかな感触と甘い匂い。サティのエメラルド色の瞳に、自分の姿が映るようだった。

「ふふ、お酒臭い……ね……」

サティが照れ臭そうに笑った。

「……お互いさまだ」

遠くからは祭りの喧騒が微かに風に乗って響いて来た。

互いに背中に手を回した。

夕闇が降りる。二つの影が一つになる。

一三一　すっかり春が満ち満ちた野山に

すっかり春が満ち満ちた野山に、いくつもの馬車の列が進んで行く。ボルドー家の家紋のついた馬車を筆頭に、行商人のものらしい馬車が続き、馬に乗った兵士らがその周りを行ったり来たりする。

尤も、なぜだか護衛が一番まとわりついているのは、中ほどにある行商人の馬車である。

それもその筈で、先頭のボルドー家の馬車はもぬけの殻だ。

その分、行商人の馬車は賑やかである。アンジェリンのパーティとマルグリットに加え、護衛対象であるヘルベチカとセレンとがそちらに乗っている。元々行商人の護衛で来た冒険者の二人連れも一緒である。

馬車ががたんと揺れた。アンジェリンは軽く体を動かして体勢を整えた。

後ろの馬車からは六弦の音が聞こえている。この馬車は満員なので、ヤクモとルシールは別の馬車に乗っている。ボルドー家の一行と行商人たちはひとまとめになって、隊商さながらの様相を呈した。

手綱を握った青髪の女行商人が馬を叱咤した。しかし馬の足取りは上り坂である事も手伝って、あまり芳しくはない。

「これだけ乗ってると流石に重いかなあ……」

「すみません、無理を言って」

セレンが申し訳なさそうに頭を下げる。

「い、いえいえ、そんな」

「でもちょっとぎゅうぎゅうだぜ。馬車なんかいっぱいあるのによ」

「じゃあマリーは他に移る？」ミリアムがいたずら気に言った。

「おれだけ仲間外れはやめろ！」

マルグリットは頬を膨らまし、動くまじという姿勢で馬車の縁に体を預けた。

アンジェリンは大きく伸びをして、後ろに流れて行く風景を見やった。

「春うらら か……あったかくなったね」

「過ごしやすくなりますね。わたし、この季節はとっても好きです」

セレンの言葉に、同乗者たちは皆首肯する。北部に住んで春を嫌う者はいない。

春告祭から二日ばかり経って、様々な片付けや打ち合わせをしたのち、アンジェリンたちはトルネラを発った。忙しい春の日々が再び始まったが、まだ祭りの残り香があるようで、少し後ろ髪を引かれるような思いもあったけれど、オルフェンを留守にし過ぎた感もあり、秋の帰郷を楽しみに荷物をまとめた。

ダンジョンの話はもう少し先になりそうだ。セレンが村長補佐というか代行というか、そういった形で正式に赴任してから具体的な話が進むようである。

その為の箱造りで村は大騒ぎだ。領主である伯爵の妹を代官に迎えるのだから、下手なものは造れないぞと緊張半分楽しみ半分で大工たちは毎日図面を囲んだり材料を計算したりしている。

再び街道整備の工事も始まるし、色々な事が変わりそうだ。しかし嫌な感じではない。先にある不安よりは、楽しみの度合いが勝る。

ある事ない事を想像してアンジェリンがにやにやしていると、ヘルベチカがくすくす笑った。

「アンジェは分かりやすいわねえ」

「……それが美点」

と言いながらも、アンジェリンはちょっと照れ臭そうに視線を逸らした。

何となくヘルベチカに対してはつっけんどんだったアンジェリンも、失恋にかこつけた酒盛りですっかり打ち解けて仲良くなった。あまり酒席を囲った事のない間柄だったが、ヘルベチカは結構な絡み酒で、パーシヴァルやカシムすら及び腰になる有様であった。

しかしながらそれで発散したのか、翌日のヘルベチカはすっかり元気になり、ベルグリフともサティとも何でもない顔で接していた。誰も彼もそれに面食らった。

ヘルベチカは馬車の縁に寄り掛かり、涼しげな顔で風景を眺めている。貴族が使うような柔らかなクッションなど付いていない馬車だが、別にどうという事もなさそうだ。気持ちよさそうに目を細め、両手を上げてうんと伸びをする。

「ああ、本当にいいお天気だわ」

「なー、ヘルベチカ」

マルグリットが言った。

「どうしたの？」

ヘルベチカは小首を傾げた。

「お前、振られた割には元気だよな。やっぱ酒で発散したのか？」

「うわ、マリー、聞きづらい事をずばずば行くねー……」

とミリアムが呆れたように笑った。ヘルベチカはくすくす笑う。

「まあ、それもあったけれどね。でも、要するに子供が欲しかったおもちゃを貰えなかったようなもので……その時は確かに悲しかったけど……後になってみるとそれほどでもなかったかな、と思うの」

「えー、そういうもんか？　熱が冷めたみたいな？」

「ん……別にベルグリフ様の事が好きじゃなかったわけじゃなくて……なんて言うのかしらね、その人を好きな自分が好き、というのが混ざっていたというか……心のどこかでは、初めから勝ちの目を見ていなかったというか」

「……まあ、何度も断られていますからね」

セレンの言葉にヘルベチカは苦笑いを浮かべる。

「わたしの誘いをあんなに断るお方はベルグリフ様くらいだもの。だからこそ余計に欲しくなったのね、きっと。ほら、手に入り辛いものほど魅力的に見えるじゃない」

「お父さんは何かの商品じゃないぞ……」

アンジェリンが頬を膨らますと、ヘルベチカは笑って目を伏せた。

「そうね、その通り。わたしはそのようにベルグリフ様を見る事ができていなかったのでしょうね」

「領主としては……間違っていないのでは？」

アネッサが取りなすように言った。

「そうかも知れない。でも、一人の女としては……ねえ？」

「なんだ、やっぱ落ち込んでんじゃねえか。安心したぜ」

マルグリットがけらけら笑いながら頭の後ろで両手を組んだ。ヘルベチカは唇を尖らした。

「なによ、安心って」

「今更おれたち相手に取り繕わないでいいって事だよ。友達だろ？」

ヘルベチカは面食らったように目をぱちくりさせた。そうしてやにわに噴き出して笑い出す。

「ふふっ、もう、マリーったら素直なんだから」

「無礼……とは言えないよな。エルフ領のお姫様だし」

アネッサが笑いながらマルグリットを小突いた。

「え、なんだ？　おれ、変な事言った？　なあ？」

「え、わたしに聞くんですか？　いえ、良い事を言ったなあと思いますよ」

突然話を振られた青髪の行商人は慌てたように答えた。

ヘルベチカは笑顔のままふうと息をついて、少し姿勢を直した。

「そうね、こんなに愉快で頼りになる友人ばかりで、わたしは幸せ者だわ」

「それもヘルベチカさんの人徳ですかにゃー？」

ミリアムがそう言って笑う。ヘルベチカは不敵な笑みを浮かべた。

「そう言ってもらえると嬉しいわね……それに、ベルグリフ様の事だって、考えようによっては素晴らしい教導者が二人も領内に留まってくれるという事になるんだもの。その縁故の人材も多数……いずれトルネラは最北の拠点となり、出身の人材がボルドー全体を潤してくれる事になるわ。すなわち将来への投資。わたしの失恋など軽い軽い」

「お、おおう……」

突然増して饒舌になったヘルベチカに、馬車の一同は面食らった。アンジェリンはふむふむと頷き、ヘルベチカに両手を差し出す。

「ヘルベチカさん、たくましい……でも強がらなくていいよ？　ほら、わたしが胸を貸してあげよう……豊満な胸でお泣きなさい」

——豊満？

と、皆の視線がアンジェリンの胸部に注がれた。誰も何も言わない。

「なぜ皆黙る」

「……ロディナまでどれくらいだっけ」

「この速度なら一日……夕方くらいには」

「おい、なぜ話題を変える」

「アンジェ、薄荷水頂戴」

アンジェリンは片付かない顔をしたまま、荷物から薄荷水の瓶を出してミリアムに手渡した。

マルグリットが欠伸をした。

「ふあ……はー、昼寝したい気分だな」

「いい天気だもんねー。あ、セレン薄荷水飲む？」ミリアムが言った。

「さっきいただきましたので……あなたがたはいかがですか？」

話を振られた二人連れの冒険者は恐縮したように首を振った。

「い、いえ、大丈夫です」

マルグリットが口を尖らした。

「そんなに緊張すんなよ。同じ冒険者じゃん」

「そりゃそうなんですけど……」

「Sランクの〝黒髪の戦乙女〟さんのパーティに……〝パラディン〟のお孫さんなんて緊張するななんていう方が無理ですよぉ……わたしたちまだCランクですもん」

「孫じゃなくて姪孫だよ」

「そこ重要なんだ……ま、領主のヘルベチカさんもいるしな。仕方ないか」

アネッサは苦笑しながら弓を取り出し、手入れを始めた。しかし馬車が揺れて手元がぶれるらしく、顔をしかめた。

「……揺れるな。工事が進んだらもっと揺れなくなるかな」

「そうでしょうね。ダンジョンの事もありますし、なるべく早くできるといいのですが」

「ふふ……そうなったら帰って来るのも気楽。嬉しい」

トルネラは辺境に位置する為、行き来が容易でなかった。道も悪いし、その分時間もかかる。さらにどん詰まりという事もあって、隣村のロディナ止まりの旅人や行商人も多い。しかしダンジョンができ、街道も整備されるとなれば、人の行き来もより活発になるだろう。アンジェリンだって帰郷するのが楽になる。むしろ彼女にとってはそれが本命である。

ともかく、長かった休暇は終わりだ。またオルフェンで冒険の日々が始まる。

ベルグリフとの旅は修羅場もあったけれど、父と一緒にいられる事が嬉しいアンジェリンにとっては何の苦にもならなかった。色々な事があったけれど、終わった今となっては全部が良い思い出である。

オルフェンで仕事をしつつ、また望郷の念を高める。そうして秋口に帰郷し、今度こそ新鮮な岩コケモモを採りに行くのだ、とアンジェリンはほくそ笑んだ。

「えぶりでい、あいはぶざぶるぅす！」

「やかましい！」

さっきからずっとうるさかった後ろの馬車がぎいぎいいって、一際大きなルシールの歌声がしたと思ったら、ヤクモの怒号が飛んで静かになった。

「なにやってんのかな」

冒険者になりたいと都に出て行った娘がSランクになってた
MY DAUGHTER GREW UP TO “RANK S” ADVENTURER.
10
門司柿家
MOJIKAKIYA
toi8
ILLUSTRATION
初回版限定
封入
購入者特典
特別書き下ろし。
ある冬の日
※『冒険者になりたいと都に出て行った娘がSランクになってた 10』をお読みになったあとにご覧ください。
EARTH STA
NOVEL

カシムが、豆で山盛りになった木の椀を手に取った。

「いいのはこっちの袋だっけ?」

「うん、こぼさないように……」

それでざらざらと音を立てて、木の椀から布袋へと豆が移された。

春にまかれて、夏の盛りに収穫を迎える豆は、夏から秋にかけて天日で乾燥され、そして冬の仕事の一つとして、選別が行われる。収穫時には良いのも悪いのも一緒くたにしてあったのを、一つ一つためつすがめつして、ふっくらと充実したものと、虫に食われたり萎びていたりする悪いものと分けるのだ。悪い方も羊や鶏の餌になる。

選別は地味な作業だが、意外に面白いらしく、ベルグリフの家に起居している連中は、誰かが豆の選別を始めると、いそいそとその隣で手を伸ばして豆をつまんだ。一人ですれば黙々とした作業も、テーブルを囲んでお茶でも淹れれば、雑談交じりの楽しい時間に早変わりする。

自分の前に集めておいた豆を分け終えたベルグリフは、ふうと一息ついて、他の面々を見やった。今日は大人ばかりだ。子供たちは昼食を終えて外に遊びに行っている。雪が降っていようと関係がない。お目付け役はビャクだが、年長者としての対抗心を燃やしたアンジェリンもついて行き、そうなるとマルグリットも行くし、アネッサやミリアムも引っ張られて行く。ルシールは一人、上げ床でクッションにもたれてうとうとしているが。

パーシヴァルやカシムが小さな豆を一つ一つ見ているのは、何だか可笑しい。しかしグラハムは妙にさまになるのが不思議である。

「ヤクモちゃん、手際いいねえ。慣れてる感じ」

とサティが言った。見ると、確かにヤクモはそれほどじっくり見るまでもなく、裏表を軽く眺めてすぐにより分けてしまう。早いけれど正確だ。パーシヴァルが怪訝な顔をしてヤクモをじろじろ見た。

「妙な特技を持ってやがるな、お前」

「特技っちゅうほどのもんじゃないわい。子供の頃にやっとっただけじゃよ」

彼女もまだ幼い頃、同じ様な作業をした事があるらしかった。西の国と東の国に奇妙な共通点があったものだ。

「儂の故郷では、こういう悪い豆は蒸して潰して醸したものよな」

とヤクモが言った。ベルグリフは顎髭を撫でた。

「かもす？　というと発酵かい？」

「うむ、塩を入れて発酵させたそれを調味料に使うのよ。汁物にするのが多いかのう」

「へえ、面白そうだね。ここでも出来るかな」

「どうかのう。醸すには元種が要るからのう。それに豆の種類も違うやも知れんわ。こちらの豆は、こういう細長いのじゃなくて丸っこかったわい」

所変われば品変わる。同じような作業をしても、用途は変わる。世界は近い様で遠く、遠い様で近い。

カシムが伸びをした。

「サティ、オイラお茶のお代わり欲しい」

「もう、少しは自分で動きなさいよ、怠け者なんだから」

そう言いながらもサティは立ち上がる。昔ならこんな風に誰かが誰かに面倒を押し付けると、嫌だ嫌だの応酬になって、最終的にベルグリフが引き受けて場を収めたものだった。そう考えると、サティも随分面倒見がよくなったものだと、ベルグリフが口端を緩ましていると、パーシヴァルが不思議そうに首を傾げた。

「何をニヤついてんだ」

「いや、昔を思い出してね」

そう言うと、ヤクモがくつくつと笑った。

「ふふふ、仲良し四人組の中に紛れ込んですまんのう」

「い、いやいや、当てつけじゃなくて」

「分かっとるよ。相変わらず真面目なお人じゃわい」

「そういう奴なんだよ、昔から。からかい甲斐あるだろ」

とパーシヴァルがにやにやしながら言った。ベルグリフは照れ臭くなって、俯きがちに頭を掻いた。

カシムが豆を弄びながら言った。

「それはそうと、お前なんでずっと木の棒くわえてんの？」

「あん？　ああ、これか。いや、煙草を切らしてから口寂しくてのう」

　とヤクモは寂しそうにくわえた小枝をぴこぴこ動かした。

「早く春になって欲しいもんじゃわい」

「そうだな。いい加減に体が鈍って来た」

「おっ、それなら丁度いいね。パーシー君、雪掻きしてくれる？　井戸の周り、気になってたんだよね」

　いつの間にかお茶のお盆を持ったサティがにこにこして立っていた。パーシヴァルは嫌そうに顔をしかめて目をそらした。

「いや、何というか……まあ、あれだ。言葉の綾というか」

「一息ついたらお願いね。いやあ、助かっちゃうなあ」

　サティは有無を言わさぬ笑顔でパーシヴァルの前にカップを置いた。パーシヴァルは諦めた様に嘆息してカップを手に取った。カシムがからからと笑う。

「へっへっへ、口は災いの元だな。頑張れパーシー」

「テメーも働くんだよ」

「いや、オイラは豆の選別があるからさ」

　とテーブルを見たカシムは、あれっという顔をした。午後やる分として広げた豆粒は、もうすっかり仕分けられて袋に収められる状態になっている。

「終わってるじゃん……」

「グラハムが黙々とやってくれたよ」

　とベルグリフは笑いながら言った。話に加わらなかったグラハムは、一人で淡々と選別をこなし、他の五人が雑談に興じている間に終わらせてしまったらしい。パーシヴァルがカシムの肩に手を回した。

「観念しろ」

「分かったって。あーあ、昼寝でもしようと思ってたんだけどなあ」

　カシムの首根っこを掴んだパーシヴァルが戸を開けた。冷たい空気が入り込んで来た。降る雪の間から、子供たちの騒ぐ声が聞こえて来る様だった。

「ルシールがロックしている……」

「あいつ、いっつも楽しそうだよなー」

マルグリットが馬車から身を乗り出して後ろを見た。

「おーい、大丈夫かー？」

「あー、心配ない。犬っころがちょいと興奮しただけじゃ」

ヤクモの手がひらひらと振られるのが見えた。

アンジェリンはくすくす笑いながら馬車の縁に背を預ける。車輪が地面を踏んで行く律動が背を伝って全身に響いて来る。目の前でセレンが欠伸をするのが見えた。するとつられたように皆が大きく口を開ける。何となく眠いような雰囲気が漂って来た。

そうして瞼が重くなったまま、ぼんやりと馬車の揺れに身を任せていると、外から蹄の音がして、声をかけられた。護衛のボルドー兵がはつらつとした声で言った。

「ヘルベチカ様、もうじき昼食のお時間ですし、少し先で小休止を取ろうと思うのですが！」

「ん……そうね。そうして頂戴」

兵士は敬礼して馬を叱咤し、離れて行った。ヘルベチカは兵士が立ち去るのを確認してから、小さく欠伸をした。それを見てアンジェリンは噴き出した。

○

何だか家の中ががらんとしたように感じた。

感じるだけではない、実際にそうなのである。しかし姦《かしま》しい少女たちのいなくなった後では、いなくなった人数以上に静かに感じるのも無理はあるまい。

家の中を掃除しながら、この家はこんなに広かったかとベルグリフは思った。新しい家に起居するようになってからはずっと大所帯だったが、それが一気に減るとだだっ広いような気がする。

子供たちはグラハムと一緒に村の外に散歩に出かけている。朝からいいお天気で、散歩するには絶好の日和だ。

「……賑やかだったなあ」

箒にもたれて嘆息した。今になって、ようやく長かった旅が終わったような心持だった。家に帰って来たとはいえ、ずっとイベントが続いているようなものだった。まだ後にはダンジョンの話が控えてはいるけれど、気が抜けてしまったのは確かである。

上げ床に寝転がっていたカシムがごろりと寝返りを打ってベルグリフの方を見た。

「なにため息ついてんの。アンジェが行っちゃって寂しい？」

「それもあるけどね。何だか気が抜けちゃって」

「へっへっへ、ずっとお祭り騒ぎみたいだったしねえ」

「うん。渦中にいるうちはいいけど……過ぎてしまうと疲れが出るね」

「なに年寄り臭い事言ってんだ」

見るとパーシヴァルが入って来た。両腕いっぱいに薪を抱えている。

「君は疲れてないのかい？」

「体の疲れはねえな。ま、ちょいと静かになったとは思うがよ」

そう言って暖炉の脇に薪を下ろし、積み始めた。

「でよ、考えたんだがベル」

「ん？」

「お前とサティは古い家の方に移ったらどうだ。新婚が部外者と爺さん抱えてちゃ、気安くいちゃつきもできねえだろ」

「お、そりゃいい考えだね。パーシーにしちゃ気が利いてる」

「テメーはリーダーに対する敬意が足りねえんだよ」

ベルグリフは呆れたように額に手をやった。

「気遣いは嬉しいけど……子供たちもこっちに来る事になるだろうから、同じだよ」

「いや、グラハム爺さんがいりゃ……無理か」

ミトやシャルロッテといった大きな子供たちはともかく、双子は寝る時はサティにくっ付きたがる。パーシヴァルやカシムと寝たがる子供はいない。カシムが髭を捻じった。

「そういう問題があったかー……ま、でも二人の愛の巣ってのも良い考えだと思うぜ、オイラは。子供たちは、まあ、後々考えればさ」

「そうよ。この際だからアンジェにもう一人弟か妹をだな」

「おぉーい」

別の声がしたので目をやると、水の入った木桶を持ったサティが立っていた。口は笑っているが、目は笑っていない。

「パーシー君、カシムくーん……あなたたちはどうしてそう無神経なのかなー？」

「無神経とはなんだ」

「そうだぞ。オイラたちは君たちの幸せを願ってだね」

「何が幸せよ。まったく、二人して下世話なおじさんになって……今日の夕飯を楽しみにするんだね！」

「てめっ、それは反則だろうが！」

「えっ、毒入り？」

「そこまではしない！」

「なんだ、そんならいいや」

「カシム……君ちょっと物騒じゃないか？」

「サティの飯がまずかったら昔に戻ったーって思うだけだよ。死にやしないって、へっへっへ」

「昔だって別にまずくはなかったじゃない！」

「そうだぞカシム、ひでえ事を言うな。うまくなかっただけだ」

「同じじゃないの、それ」

「そんな事はどうでもいいんだよ。ともかくお前ら夫婦はあっちの家に移れ。寝床の軋みで安眠を妨害されちゃたまらんからな」

「……エロオヤジ」

「な」

「助平！」

サティはあっかんべーと舌を出した。

パーシヴァルは眉をひそめたが、やにわに噴き出した。そうしてそのままからからと笑っている。つられるようにカシムもベルグリフも笑い出し、サティも口元を押さえて笑いに肩を震わせた。

パーシヴァルは笑い過ぎか何か、目に浮かんだ涙を指先で拭った。

「はっははは……またこうやって馬鹿話ができるなんてよ」

「よせやい、またしんみりするのは嫌だぜ、オイラ」

「……四人だけって、もしかしたら合流してから初めてかもね」

サティが言った。

考えてみれば、ずっとアンジェリンたちが一緒にいたから、こうやって古い仲間四人だけで話をするのは初めてかも知れない。

パーシヴァルとサティが言い合って、カシムが煽って、ベルグリフは呆れながらそれを眺めている。すると途端に矛先がベルグリフに向いたりする。まだ十代の若者だった頃、そんな風に食卓を囲んだり酒を飲んだりした事を思い出すと、ベルグリフも目頭が熱くなるようだった。

「あ、ベル君も泣いてる」

目敏いサティがにやにや笑いながら、ベルグリフの肩を小突いた。ベルグリフは苦笑しながら指先で目をこする。

「年のせいか……涙もろくなっちゃってね」

「そうだな。年のせいにしておくか」

パーシヴァルが言うと、カシムが笑った。

「さっき人の事年寄り臭いって言ってた癖に」

「いちいちうるせえんだよ、お前は」

パーシヴァルはひょいとカシムの山高帽を取ると、円盤でも投げるように向こうに放った。カシムは慌てて手を前に出す。すると、彼の魔力が追っかけたのか、帽子は空中でぴたりと止まり、浮いたままカシムの手元に戻って来た。

「何すんだよー」

「ははっ、器用な奴だ」

パーシヴァルは悪びれる様子もなく、また薪を積み出した。木桶の水を瓶に移したサティは、また外に出ようとする。ベルグリフも箒を片付けて外に出た。

太陽は天頂に近く、外は春の陽が降り注いでいた。萌え出した若葉がそれを照り返して光っていた。風はまだ少し冷たいが、柔らかく肌を撫でるくらいで、冬の鋭さはもうなくなった。

「もう峠は越えたかな」

アンジェリンたちの旅路を思う。いい天気だ、旅をするにも気分がいいだろう。

向こうで滑車の軋む音がして、サティが井戸から水を汲み上げているのが見えた。汲み上げたのを木桶に移し、持ち上げる。ベルグリフはそちらに歩み寄った。

「持とうか」

「いいよ、これくらい。それにしても、グラハム様と子供たちが戻って来ないね。もうすぐお昼なんだけど」

「森まで行ったのかな……少し見て来ようか」

「心配はないと思うけど。ま、散歩がてら行って来たら？」

「そうだな。入れ違いにならないように早めに」

「……ちょいちょい」

「ん？」

木桶を置いて、内緒話をするような仕草をするので顔を近づけると、不意に唇に柔らかなものが触れて、すぐ離れた。いたずら気に光るエメラルド色の瞳が見えた。

「行ってらっしゃい」

「……行って来ます」

ベルグリフは照れたように頭を掻いた。サティは満足そうに笑うと、軽い足取りで家の中に向かって歩いて行く。

やや呆け気味のベルグリフだったが、ハッとして声を上げた。

「サティ、水」

「あ」

忘れてた、とサティはそそくさと取って返して木桶を抱え、足早に家の中に入って行った。笹葉のような耳の先がちょっと赤いように見えた。あれは自分も照れてるな、とベルグリフは笑ってしまった。

ひとしきり笑い、さて、行くかと踵を返すや、グラハムと子供たちがいたのでベルグリフは仰天した。グラハムは相変わらずの無表情だが何となく面白そうな様子で、シャルロッテなどは頬を染めてにまにましながらベルグリフを見ている。

「……い、いつからそこに」

「ついさっきだが」

「ふふっ、お父さまもお母さまも可愛い」

バッチリ見られていたらしい。ベルグリフは手で顔を覆った。双子が駆けて来て背中と足に飛び付く。

「おとーさん、サティとなに話してたの？」

「顔ちかづけてないしょ話？」

「あ、ああ……うん。もうすぐお昼だから」

「ごはん」

「わーい」

「行くよ、二人とも。おいで」

ミトがお兄ちゃんのように双子の手を取って家の中に連れて行く。グラハムが顎を撫でた。

「仲が良いのは良い事だ。気にする事ではない」

「そ、それとこれとは……」

「別に人目をはばかる必要はないのだぞ、ベル。ここはそなたの家だ。我々は居候に過ぎぬ」

「君がそういう事を言うと本気か冗談か分からないんだが……」

グラハムは小さく笑うと子供たちの後を追って家の中に入って行った。シャルロッテがそっとベルグリフに囁いた。

「大丈夫よ、お父さま。カシムおじさまとパーシーおじさまには内緒にしておくから！」

「あ、ああ、ありがとう……羊の世話は慣れたかい？」

「ええ、子羊がとっても可愛いの。えへへ、今度お父さまも一緒に行きましょうね」

「そうだな……ビャク」

ビャクは仏頂面のまま、ベルグリフには答えずにすいっと家の方に足を向けた。

「ビ、ビャク、何か言ってくれ」

「……言っていいのか？」

「……すまん、やっぱりいい」

ビャクはふんと鼻を鳴らして家の中に入って行った。

子供に気遣われて、本当に年甲斐がないなあ、とベルグリフは苦笑いを浮かべ、シャルロッテに手を引かれるままに家の中に入って行った。

一三二　耕された土の上を、腰をかがめた

耕された土の上を、腰をかがめた人々が行ったり来たりする。春まき小麦の播種《はしゅ》である。味は秋まき小麦にいくらか劣るものの、秋口に収穫できるこの麦は、冬越えの為には欠かせない重要な作物だ。

棒で作った筋に麦の粒を落として行く。高い所から落とすと散らばってしまうから、土に近い所からまかねばならない。だから皆腰を曲げて歩く。

主食となる作物は、村人同士が協力し合う。ベルグリフもあちこちの畑に手伝いに出て、今日は麦まきだ。

昨年の森の襲撃によって壊滅状態だった西側の畑も耕し直され、青々とした小麦の葉が揺れるようになっていた。その半分は春まき小麦の予定地で、今日は朝からそこで種をまいているのである。

遠くでロバのけたたましい鳴き声が聞こえる。

ベルグリフは手元の小麦がなくなったのを機に、曲げていた腰を伸ばした。左足に重心をかけて、上体をうんと後ろに反る。背骨が音を立ててほぐれる感触がした。

「……ふう」

息をついて、腰の袋からまた小麦の粒を摑み出した。こうやって畑仕事をしている時に、殊更トルネラに帰って来たという気になった。

アンジェリンたちがオルフェンへと戻ってから一週間ばかり経った。騒々しさを通り抜けた後の不思議な寂寥感も薄れ、日々の仕事に邁進する間に心も少しずつ日常に戻ろうとしていた。

だが、決定的に違うのは仲間たちの存在だ。かつては心の棘であった彼らが、今は同じ屋根の下で起居を共にし、同じ鍋から食事を取る。アンジェリンを都に送り出してからの長い一人暮らしを考えると、何だか随分な変化だと事あるごとに不思議な気分になった。

向こうを見ると、籠を背負ったパーシヴァルが双子を両腕にぶら下げて歩いていた。彼は子供たちをまとめて五人は抱えられて、しかも平然としている。両腕にそれぞれ二人ずつぶら下げて歩く事もできる。

だから子供たちは面白がってパーシヴァルに摑まってぶら下がったり、肩に乗っかってはしゃいだりする。パーシヴァルはそんな子供らを乗せたままぐるぐる回ったり、ぽんと宙に放り投げてまた受け止めたりもできた。

どちらかというと寡黙で、振り回したり放り投げたりという遊び方はしないグラハムと違って、パーシヴァルは割と荒っぽい。しかし子供たちにとっては多少荒っぽい方が楽しい場合もあるようで、特に男の子たちは最近パーシヴァルに遊んでもらう事が多いようだった。尤も、今は子供たちも畑の手伝いに駆り出されているが。

あのパーシーがなあ、とベルグリフは笑った。

「ベルさん、何笑ってるの？」

近くで作業していたバーンズがそう言って首を傾げた。

「いや、パーシーもすっかりおじさんになったと思ってね」

「そうなんだ。俺たちはあのパーシーさんしか知らないからなあ……」

「子供っぽくて可愛いよ……良い意味で、ね」

リタがそう言って小さく笑った。ベルグリフも笑う。

「それだけは昔と同じだな。俺と同い年だけど……あいつは親父というよりは兄貴って感じがするよ」

「確かに。パーシーさんは兄貴って感じだな。ベルさんはお父さんだけどさ」

「だってベルさんにはアンジェがいるもん、ね」

「今はミトもシャルもいるし、ハルとマルもいるし……嫁さんまでできたもんな」

バーンズはそう言ってにやにや笑った。ベルグリフは苦笑しながら顎鬚を捻じった。

トルネラの村人たちは、老いも若きも揃ってベルグリフを冷やかす。それが親しみから来ているのは分かっているから、ベルグリフも嫌だとは思っていないが、やはり照れ臭い。

談笑がてら少し手を休めたが、また作業に戻った。

グラハムとカシムはもっと小さな子供たちを連れて釣りに行っている。サティは家の畑の手入れをしているようだ。仕事をしている時も、家に帰ってからも賑やかで、アンジェリンの事を考えながら一人で静かに暮らしていたのが、今となっては懐かしく思うくらいである。

しかし別に悪い気がするわけではない。ただ、こういった変化にまだ慣れていないだけなのだろうと思う。

やがて太陽が天頂に至る頃には自分の割り当ては一段落し、ベルグリフは家に戻った。

庭先で麦藁帽子をかぶったシャルロッテが芋の皮を剝いていた。シャルロッテは働き者で、いつもちょこちょこと動き回り、色々な仕事を手伝っていた。ほっぺたは赤く、手や指は汚れて、小さな傷もある。そんな姿はルクレシアの枢機卿の令嬢とはとても思えないが、本人はむしろそうなる事が嬉しいらしかった。

シャルロッテは皮を剝いた芋を、水を張った鍋に入れて、顔を上げた。

「あ、お帰りなさい、お父さま」

「ただいま、シャル」

ベルグリフは井戸から水を汲み上げて手を洗いながら、辺りを見回した。

「一人かい？」

「お母さまは裏の畑よ。ビャクも一緒」

「そうか、うん。昼の支度はこれからかな」

「うん、このお芋を茹でて……後はカシムおじさまとおじいさま次第かしら」

シャルロッテはそう言ってくすくす笑った。彼らの釣果次第で昼餉の豪華さが決まるわけである。

ベルグリフは微笑んで、シャルロッテを帽子の上からぽんぽんと撫でると、家の中に入った。

誰もいない家の中は白々としていた。窓から射し込む陽の光で舞う埃が見えるようだったが、それが却って薄暗さを助長しているように思われた。一人でいるには家が広すぎるというのもあるかも知れない。

ふと、小さく唸り声が聞こえた。目をやると、壁に立てかけられたグラハムの大剣が不満そうな唸り声を上げていた。

「……暇なのかい？」

独り言のようにベルグリフが言うと、剣は頷くように唸った。そうして黙ってしまった。

今回の旅では大いに力を発揮したこの聖剣であったが、トルネラに戻って来てから全くと言っていいほど出番がないので、少し不貞腐れているのかも知れない。しかし魔獣も盗賊もいないのでは、剣というものは出番がないのも道理なのである。まさか包丁の代わりに使うわけにもいかない。

本来ならばグラハムが予定していたダンジョンを造る為の旅が取り止めになったので、余計に気に食わない、というようにも思える。彼が旅に出ていれば、この大剣もひと暴れする機会があっただろう。

「そのうちダンジョンができれば存分に出番があるよ」

慰めるように言ったが、拗ねているのか何なのか、剣は黙ったままだった。

ベルグリフは肩をすくめてから暖炉の火を確かめ、料理の為に薪をくべて、鍋に水を張った。鍋肌に細かな泡が付き出す頃にシャルロッテが皮を剝き終えた芋を抱えて入って来る。その後ろからはビャクもやって来た。菜の花のつぼみが沢山入った籠を持っている。

「おお、そんなに採れたのか」

冬の間、雪の下に埋もれていた畑の菜っ葉が、今になって一斉にとう立ちしているらしい。花が開く前のこれらは茹でても炒めてもおいしく食べられる。少し苦味があってうまい。春先の苦みは寒さに固まった体がほぐれて行くようだと、ベルグリフはいつも思う。

少し後に入って来たサティが目をぱちくりさせた。

「おや、ベル君帰ってたの？」

「早めに終わったからね。昼は芋と魚？」

「そう思ってるんだけど、釣り組がいつ戻って来るやらだねえ……異名持ちの冒険者だからって釣りが上手いとも限らないし」

「そうだな……まあ、弁当も持ってないんだし、帰っては来るだろう」

魚はやや多めの油で揚げ焼きにして、残った油で芋と菜花を炒めてもいいかも知れない。そうなると玉葱と香草《ハーブ》も入れて……あるいは塩を振った上に香草をたっぷり載せて蒸し器で蒸し上げてもいいかも知れない。もしくはぶつ切りにしてスープにしてしまおうか。

ベルグリフは暖炉の火を整えながら、昼の献立に思いを馳せた。最近はサティに料理を任せていたから、こうやって自分で料理を考えるのも何だか楽しい。自分の為だけでなく、誰かに食べさせる為というのは張り合いがある。

ともかく芋を茹でていると、カシムとグラハムがミトを連れて帰って来た。

「ただいま」

「おかえり。釣れたかい？」

「まああってとこだね」

大きなのが一匹、中くらいのが四匹といったところである。エラと内臓はもう外してあった。

「大きなのは香草《ハーブ》と蒸して、他は揚げ焼にしようか」

「いいね。じゃあ菜花と玉葱も」

「ぼくも手伝う」とミトが言った。

「そうか。じゃあシャルの手伝いを」

「ミト、こっちよ。お芋を潰して、山羊乳と混ぜるの」

茹でた芋は塩と山羊乳、溶かしたバターを混ぜて、滑らかになるように潰す。トルネラに限らず、帝国ではよく作られる料理だ。尤も乳は牛の場合が多い。二人は並んで手を動かす。いつの間にかミトの方が少し背が高くなったように見えた。その傍らではビャクが黙々と玉葱を刻んでいた。

魚を蒸したり揚げ焼にしたり、香ばしい匂いが漂って来た頃、パーシヴァルが双子を連れて帰って来た。双子はパーシヴァルの肩から飛び降りて暖炉の前にかじり付いた。

「お魚だ」

「お魚、すき」

「油が跳ねる。来なさい……」

グラハムが双子を抱き上げた。双子は抵抗するようにじたじたと足をばたつかせたが、連れて行かれて本を広げられると、もう大人しくなっている。この前の春告祭で行商人が持って来た本が最近のお気に入りらしい。

文字はまだ分からないようだが、グラハムの読み聞かせに目を輝かせているハルとマルを見ていると、自分もああやってアンジェリンに本を読んでやったなと思い出す。そうやって少しずつ文字や言葉を覚えて、次第に自分一人で読み始めていたものだ。

料理が出来上がり、食卓を囲んで賑やかな昼餉が始まった。人数が減ったとはいえ、それでも賑やかな事に変わりはない。

「しっかし、ついこの前まで女の子ばっかしだったのに、今じゃオヤジの顔の方が目立つね。随分な落差だな、こりゃ」

カシムが髭に付いた芋の欠片を拭いながら言った。パーシヴァルが笑う。

「一度に帰っちまったからな。もうアンジェたちはオルフェンに着いたかね」

「どうだろうな。ボルドー辺りでのんびりしているなら、まだかも知れないね」

何せ領主とその妹も一緒だったのだ。サーシャに会えば、もちろん話がしたいだろうし、招待を受ければ足を止めていく事だってあり得る。トルネラへは寄り道せずに一刻も早く帰りたいアンジェリンも、オルフェンに行くのはのんびりしたものだろう。

色々と雑談に興じながら食事を済まし、片付けまで終えた。

シャルロッテとミトは双子を連れて遊びに出て行き、ビャクもそれに引っ張られて行った。大人たちは残って、食休みに各々がのんびりしていると、ふとグラハムが言った。

「少し相談に乗って欲しい事があるのだが」

「ん？」

お茶のポットに茶葉を入れていたベルグリフは振り返った。

「なんだい」

「ミトの事なのだ」

「ミトの？　何を考えてんだ？」

パーシヴァルが言った。グラハムは顎を撫でた。

「ダンジョンの話も、元々はミトの魔力を効率的な形で消費する為だ、とは言ったな」

「ああ」

「実のところ、トルネラにという話がなければ、私は既にミトと共にボルドーへ旅立っていた。魔石に移った魔力もかなり溜まっているからな」

「それじゃあ何かい、その魔力を消費する為に、ダンジョンの代わりに何かするんかい？」

カシムの問いにグラハムは首肯した。

「うむ、そろそろ何らかの形で消費しなくては魔導球も持つまい……単に魔力を解放しただけでは周囲の環境が歪んでダンジョン化してしまうが、上手く術式を組み立て、かつ細心の注意を払えば、魔力が魔獣化する筈だ。それを倒す事ができれば」

「魔力ごと消える、ってわけか。そりゃ話が早くていいが……それならわざわざダンジョンを造る必要があるのか？」

「魔獣を召喚する方法は危険だ。こちらから魔獣の種類を特定できるわけではないし、術式と方法、どちらかが少しでも間違えば魔導球自体が壊れる可能性がある」

そうなると、また『大地のヘソ』にア・バオ・ア・クーを倒しに行かなくてはならない、という事かとベルグリフは苦笑した。もうあんな旅はできそうにない。

パーシヴァルは腕組みして、考えるように視線を泳がした。

「ふむ……どんな魔獣が来ようが俺とあんたがいれば万に一つもなさそうだがな。カシムもいるし」

「そうだ。だから今回はこの方法を取りたいと思って相談した。しかし、絶対ではない。これはあくまで私やそなたのような者がいる事が前提のやり方だ。しかもかつての森の襲撃のように、数で押されては犠牲が出る可能性もある。そうなれば最終的に倒す事ができても失敗だ。正直、安定した方法とは言い難い。だからあまり多用はしたくないのだよ」

「ふーむ、だとしたらアンジェたちが帰る前だったら良かったね。頭数が揃ってれば、数が来ても対応しやすかったけど」

カシムが言うと、グラハムは目を伏せた。

「すまぬ……ダンジョンの話が迅速に行くものだとばかり思い込んで、他の方策を練っていなかったのだ。私の責任だ」

壁に立てかけていた大剣が唸った。何だか怒っているようである。グラハムは困ったように眉をひそめた。パーシヴァルが笑った。

「あんな小娘どもいなくたって、自分さえいればどんな魔獣でも粉砕してやるってか。流石は聖剣だな。あんたが弱気なのは気に食わねえみたいだぞ、グラハムさんよ」

ベルグリフは剣とパーシヴァルを交互に見た。

「あれ……パーシー、君はあの剣の声が聞こえるのか？」

「あ？　ベル、お前は聞こえねえのか？　ずっとあいつを使ってたんだろ？」

ベルグリフは頭を掻いた。

「ちゃんと聞こえた事はない気がする。アンジェも聞こえたらしいんだが……そうか、君も聞こえるのか……」

やはり、この剣の声はある一定の技量を持つ者、いわゆる天才でなければ聞こえないのだろうか。持ち主であるグラハムは勿論、アンジェリン、マルグリット、パーシヴァルと、大剣の声が聞こえるのは自他共に認める実力者ばかりである。結局、色々な修羅場を潜ったとはいえ、自分はその領域にはいないのか、とベルグリフはちょっと寂しい気持ちで頭を掻いた。

そんな風にやや消沈気味のベルグリフを見て、パーシヴァルは肩をすくめた。

「……まあ、別にいいけどよ。それじゃあどうすんだ？　村に危険がない場所まで行って、そこで魔獣を呼び出すような事になるんだろ？」

「そうなる。パーシヴァル、そなたは私と一緒に、現れた魔獣の対応を頼む。カシム、そなたには現場での魔力放出の手助けを頼みたい。術式の構築も協力してもらえると助かる」

「あいよ。へへへ、こういうの久しぶりだな。最近は戦いばっかで術式構築なんかしてなかったからね」

「俺も体が鈍ってたところだ。丁度いい」

「それなら、まず周りを結界で囲っておいた方がいいと思いますね。そうすれば数の多い魔獣が出ても、周囲に散らばるのを多少なりとも抑えられますし」

サティが言った。グラハムは頷く。

「そうだな……下準備をしなくてはなるまい」

「ちょいと忙しくなりそうだな。ベル、お前はどうする」

「Sランク相当の魔獣相手なら俺の出る幕はないよ。あの剣だってグラハムに振るわれる方が嬉しいだろうし」

「そう拗ねるなって。それに、戦わなくても見物はしたいんじゃないのか？　〝パラディン〟と〝覇王剣〟、それに〝天蓋砕き〟の共闘だ。吟遊詩人どもが手を打って喜びそうな場面だぜ」

「いいなあ、わたしも参加したいよ」

サティが羨ましそうに言った。パーシヴァルがふんと鼻を鳴らす。

「〝処刑人〟に負けるようじゃ駄目だ。愛しの旦那と二人で大人しくしてな」

「そうそう、子供らもいるんだしね」

カシムも同調してからからと笑った。

サティはムッとしたように眉をひそめたが、不意に不敵な笑みを浮かべてついと手を振った。途端、パーシヴァルの笑みが凍り付いて、目線だけが首元に落ちた。首筋に刃物でも押し当てられたような気配が漂い、ベルグリフもカシムも驚きに目を見開く。

サティはにっこり笑って手を下ろした。剣呑な気配は消え去った。パーシヴァルは手で首を撫でた。怪訝そうな顔をしてサティを見る。

「……お前」

「諸君、帝都のわたしは旧神との契約で力に制限がかかっていた事を忘れてもらっちゃ困るなあ。お望みなら連続引き分け記録に終止符でも打つかい、パーシー君？」

　パーシヴァルは呆けたが、やにわにげらげら笑い出した。

「こいつは一本取られた！　見事に爪を隠してやがったな、サティ。まだ喧嘩相手が健在とは嬉しいぜ」

　サティはふんと鼻を鳴らした。

「懲りたら調子に乗らない事だねパーシー君。腕が上がったのはあなただけじゃないんだぞ」

「ははっ。だがまともにぶつかりゃお前の負けだ」

「負けませんー。でも子供が真似するから、喧嘩はだーめ」

「なんだぁ、そりゃ」

「へへ、さては怖いんだなぁ？」

「怖いわけないでしょ。生意気だなカシム君は」

「はん。不意打ちでしか勝てねえなら実力じゃねえよ」

「不意を打たれる時点で相手より弱いんですぅー！」

「なんだと！」

「ほらほら、言ってる傍から喧嘩しない」

パーシヴァルとサティがやり合って、カシムが煽り、ベルグリフが間に入る。かつて何度も繰り返した光景が重なった時、くつくつと笑い声がした。目をやると、グラハムが彼には珍しく顔を緩めて笑っていた。

四人は急に恥ずかしくなったのか、口をつぐんで視線を泳がした。グラハムは笑みを崩さずに優し気に言った。

「よい仲間だ……若い頃の姿が見えるようだな」

ベルグリフは困ったように髭を捻じった。グラハムにそう言われると、何だか余計に照れ臭さが増すように思われた。

「違うんですよぅ、売り言葉に買い言葉というか……」

サティはもじもじしながらそう言った。パーシヴァルは乱暴に頭を掻いて踵を返した。

「ええい、ちくしょう。ともかく近々魔獣退治だな？」

「どこ行くんだ」

「ガキどものお守りだ」

そう言って家を出て行ってしまった。カシムがからからと笑う。

「逃げたね」

ベルグリフは肩をすくめた。

「ああいうところは昔から変わらないな」

「もう！　子供おじさんめ！」

サティは頬を膨らました。グラハムが笑っている。

〇

アンジェリンが酒場に入ると、常連の顔馴染みたちが驚いたように目を向け、それからやかましく杯を掲げた。

「帰って来たのか！」

「長かったなあ、おい！」

「どんな旅だったんだよ、話聞かせてくれ！」

がやがやした歓待の声に、アンジェリンはひらひらと手を振って「後で」と応え、カウンター席に陣取った。相変わらず不愛想なマスターがグラスを拭きながら言った。

「元気そうだね」

「うん」

「一人かね」

「後で来る……ここで待ち合わせ」

「親父は一緒じゃないのかね」

「お父さんはトルネラ……里帰り、楽しかった」

アンジェリンはカウンターに両腕を突いて、緩んだ顔を手で支えた。鴨肉のソテーと冷やしたワインを注文する。

薄暗く、色んな匂いの染み付いた酒場に来ると、何となく落ち着くような気もした。既にオルフェンの都もアンジェリンにとっては生活の場だ。トルネラとは違うけれど、また日常に戻って来たような安心感がある。

ボルドーまで行ってからはボルドー家に一泊し、サーシャとも久闊を叙した。トルネラのダンジョンの話などをすると、サーシャは大興奮し、早速お祝いの言葉を述べに行かねば、と翌朝にアンジェリンたちと反対の方向に馬を飛ばして行った。思わず一緒に行こうとしたアンジェリンを、仲間たちが慌てて押し留めたのもいい笑い話である。

それからまた一週間ばかりかけてようやくオルフェンに戻った。こちらはもう雪の姿もなく、春らしい暖かな陽気と、行き交い始めた旅人や行商人たちで賑わっていた。

ひとまずそれぞれの家に帰り、軽く体を休めたり、浴場に行ったりして身支度を整え、そうして夜にはいつもの酒場に集まろうという段取りになった。それで来たけれど、アンジェリンが一番乗りだったようだ。

鴨肉が脂を跳ね散らしながら焼けるのを眺めつつ、アンジェリンは今回の里帰りまでの長い旅路を思った。冒険の連続だったが、ベルグリフがずっと傍にいたという事もあって、寂しさも不安もなかった。

いや、実際は不安もあったが、すぐにすがれる相手がいるというのが、それを重荷と感じさせなかったのだろう。パーシヴァルとの出会い、そして母であるサティとの出会いも嬉しかった。再会を喜ぶ父と友人たちの姿も、自分の事のように喜ぶ事ができた。

穏やかな日々。父と旧友たちの昔語り。そして春告祭の結婚式……。

思い出すだけで思わず頬が緩んでしまう。

ワインを舐めながらぼんやりしていると、隣の席に誰か腰かける気配がした。

「もう注文した？」

アネッサが顔を覗き込んだ。アンジェリンは頷く。

「いつもの……」

「お前、鴨肉好きだなー」

マルグリットがけらけら笑いながら蒸留酒を注文した。ミリアムはふわわと大きく欠伸をしながらカウンターに顎をつける。

「くたびれたー。なんか家に帰ったら気が抜けちゃった感じだよう」

「長旅だったからな。いつから仕事に復帰する？」

「ん……決めてない。とりあえず明日一度ギルドに顔出して……状況次第」

「なあなあ、おれさー、『大地のヘソ』での戦績言ったら一気に高位に上がれたりしないかな？」

マルグリットがわくわくした様子で言った。アネッサが考えるように目だけ上に向けた。

「まあ、確かにマリーはとっくに下位ランクの実力ではないと思うけど……」

「だよねえ。ギルドとしても高位ランクが増えるのは悪い話じゃないし」

「だろ？　それにさ、高位に上がれたらおれも一緒にパーティ組めるじゃん」

マルグリットはそう言ってカウンターをぺしぺし叩いた。アンジェリンは杯を持って中のワインを揺らした。

「そだね……マリーも経験積んだし、お父さんもおじいちゃんも反対しないと思う」

「だよな？　へへへ、楽しみだなー」

「まあ、ギルドマスターに話してみないとだな」

「多分歓迎してくれると思うけどねー。前衛二人だと助かるねー」

アンジェリンは頷いた。マルグリットが一緒に前に出るようになれば、自分ももっと動きが取りやすくなる。つまりベルグリフとパーシヴァルのように、と考えて、いや、ベルグリフたちの昔話によるならば、前衛二人はサティとパーシヴァルという事になるのか？　と首を傾げた。

「魔法使いのミリィがカシムさんなのは当然として……」

「え？　わたし？　カシムさん？　んん？」

首を傾げるミリアムを無視して、アンジェリンは眉をひそめながらアネッサを見た。アネッサは目をぱちくりさせた。

「へ？　なに？」

「……アーネ、明日から剣士になって。わたしが教えるから」

「は？」

「で、マリーと前衛。わたしは後ろで観察。そして適時良い所に入る……」

「何言ってんだよ、お前」

「だってそうじゃないとわたしがお父さん枠に入れない……」

「お父さん枠って……」

「アンジェがベルさんみたいに指示出すの？」

「あっはっは、アンジェにベルの役目は無理だろー」

早くも三杯目の蒸留酒を傾けているマルグリットが愉快そうに笑った。アンジェリンは頬を膨らませる。

「無理じゃないもん……わたしはお父さんの娘だもん」

「前にカシムさんに性格が違い過ぎるって言われただろ……」

「むう……」

アンジェリンは不機嫌そうにワインを飲み干して、マスターの方に押しやった。無言でお代わりの催促をすると、マスターは黙ったままワインを注いだ。

ミリアムが笑いながらアンジェリンの肩を小突く。

「そんな事しないでもいいじゃん。アンジェはアンジェなんだし」

「そうだぞ。慣れない事して混乱させられちゃこっちも困る」

「……わたしは諦めぬ」

脂の滴る鴨肉を頬張って、アンジェリンは目を伏せた。

きゅうと蒸留酒を干したマルグリットが、思い出したように言った。

「そういやさ、お前トルネラじゃ思ったよりもベルに甘えてなかったような感じだったけど、なんかあったの？」

「……そう？」

自分ではそういうつもりはなかったのだが、とアンジェリンは首を傾げながら思い返した。言われてみれば、そんな気もする。サティとベルグリフに少し遠慮していた側面もあるかも知れないが、帰郷する前からベルグリフとずっと一緒にいた事が、却って父親への強烈な思慕を抑えていたようにも思う。

「……きっと、お父さん分は十分に補給できていたから」

「なんだそれ」

「しかし秋になる頃には不足する筈。だから帰る。そして岩コケモモを採りに行くの。その時はもっといっぱい甘える……ふふふ」

そう、それが楽しみなのだ。採り立ての甘酸っぱい岩コケモモを籠に満載にして……あーんなんてしてもらってもいいかも知れない。お母さんにもあーんてしてもらおうかしら。

にやにやと笑うアンジェリンを見て、三人は顔を見合わせてけらけらと笑い合った。

「おーう、ここか」

「腹ペコだぜ、べいべ」

ヤクモとルシールもやって来て、場がさらに陽気になった。二人もしばらくはオルフェンで日銭を稼ぐらしい。

酔いの回って来た常連客や冒険者たちが痺れを切らし、旅の話を聞かせてくれとやって来た。酒精が入れば喋る口は軽快になる。
まだまだ夜は長い。話しながら思い出に浸るのも悪い話ではない。
アンジェリンはワインをもう一杯注文した。

一三三　喧騒に満ちたギルドに戻ると、日常に

喧騒に満ちたギルドに戻ると、日常に戻って来たという気が高まった。

ごつごつした石畳の床も、くすんで灰色になった白亜の壁もそのままである。しかし、何だか前よりも賑わいが高まっていて、行き交う人の数も多いように思われた。

「ええ！　それじゃトルネラに？」

黄色いポニーテイルを揺らしながら、ソラが興奮したように言った。アンジェリンは自慢げに頷く。

「そう……だからお父さんはギルドマスターになるのだ」

「マジかよ……ベルグリフさん、すげえな」

ジェイクが嘆声を漏らして椅子に寄り掛かった。カインも驚いたように目を白黒させている。

「実現したら凄いですね……〝パラディン〟に〝覇王剣〟に〝天蓋砕き〟。ギルドマスターが〝赤鬼〟……冒険者の質ではオルフェンやボルドーにも劣らないんじゃないですか」

「うん。きっと凄い事になる……ふふ」

「わたし、前にベルグリフさんに教わった通りに、槍使いの人たちの突きを参考にしたら、確かに

剣筋が鋭くなったッスよ！　おかげでランクが上がりそうッス！」

「俺も前より体が動くような感じで……基礎って大事ですね」

「私も色々勉強させてもらいまして……あの森の戦いも随分な経験になりましたよ」

以前に行商人の護衛でトルネラにやって来た成り行きで、古森との戦いに参加したこの三人は、トルネラで受けた薫陶をそれぞれに消化して活かしているらしかった。

アンジェリンは自分が教えたかのように偉そうな顔をして頷いた。

「あなたたちもまたトルネラに来たらいい……」

「わあ、アンジェリンさん直々にそう言ってもらえるなんて嬉しいッス」

「でも、もしかしてアンジェリンさんもそのうちトルネラに腰を据えちゃうんですか？」

ジェイクが少し寂しそうに言った。アンジェリンはくすくす笑う。

「それは多分もっと先の話……もちろん、行ったり来たりはするけど、わたしはもっと色んな所を冒険したいから」

「冒険かあ……流石はSランク冒険者だなあ」

向こうからジェイクたちを呼ぶ声がした。ソラが立ち上がった。

「あ、査定が終わったみたいッスよ！　行ってみるッス！」

「え、マジか。もっと待たされるかと思ったけど」

「早かったですね……ではアンジェリンさん、また」

「うん」

三人が去り、アンジェリンは椅子の背にもたれて深く息をついた。

ここのところ、オルフェンのギルドでは魔獣のものを始めとした素材の買取りが活発化して、持ち込めば持ち込んだ分だけいい収入になるらしい。ソラたちの話によると、ギルドが大手の商会と提携する事ができたらしく、素材の販売ルートがかなりの規模に拡大したそうだ。

売り上げの何割かはギルドの懐に入る。単一では微々たるものだが、交易都市でもあるオルフェンの冒険者人口から考えると、その収入はかなりのものだ。実入りが良いからと外部からさらに冒険者も入って来ているらしく、このギルドの賑わいもそれがきっかけなのだろう。

ギルドマスターも頑張ってるなあ、と思いながら、そのまましばらくぼんやりしていると、アネッサたちがやって来た。

「ごめん、遅くなった」

「やー、相変わらずここは賑やかだねー」

「なにぼーっとしてんだよ」

マルグリットがアンジェリンの肩を小突いた。アンジェリンは顔を上げて欠伸をした。

「待ちくたびれただけ。行こっか」

四人で連れ立ってカウンターに行く。受付のユーリがにっこり笑った。

「お帰りなさい、みんな。元気そうねえ」

「ただいまユーリさん……こっちは変わらない？」

「そうね。前みたいな騒動は起きてないわ。書類仕事でリオはへろへろだけどね」

ライオネルは相変わらずらしい。アンジェリンはくすくす笑った。

「あのね、ギルドマスターに話があるんだけど……」

「リオに？　そうね、今なら……うん、いいわよ。どうぞ」

それで裏側に通されて、ギルドマスターの執務室に向かった。

部屋に入ろうとすると、秘書らしい女の子が書類の束を抱えて出て来るのに鉢合わした。秘書は驚いたように目を丸め、それからすぐに嬉しそうに表情をほころばせた。

「アンジェリンさん！　帰っていらしたんですね！」

「うん、昨日……ギルドマスターいる？」

「いますよ。ギルドマスター、アンジェリンさんですよ」

秘書と入れ違いに部屋に入ると、執務机に山と積まれた書類の向こうに、立ち上がるライオネルの姿が見えた。他にも何人か事務仕事をしていた職員たちが、嬉しそうにアンジェリンに会釈した。書簡らしいのに目を通していたドルトスが顔を上げて、目を細める。

「おお、アンジェ。帰って来たのであるか」

「ただいま、しろがねのおっちゃん……忙しそうだね」

「なぁに、この程度は慣れたものである」

「ちょっと休憩しよう。お茶淹れてー……ささ、アンジェさん、座って座って」

ライオネルはくたびれた笑みを浮かべながら、こちらも色々と置かれた来客用のテーブルを慌てて片付けていた。乱雑に手紙や書類を寄せて、どうぞどうぞと手で座るよう促す。

「いやあ、みんな元気そうで何より」

「お前は相変わらずくたびれてんなー」

マルグリットがけらけら笑った。

「まあねー。いや、でもちょっとずつ要領が摑めて来てはいるんだよ。レノン商会と提携できるようになって、資金繰りがかなり楽になって来てさ……まあ、仕事が減ったわけじゃないんだけど。むしろ増えてるんだけど」

「さっき聞いた……頑張ってるんだね。偉いぞギルドマスター」

「はは、アンジェさんにそう言ってもらえると嬉しいなあ……ベルグリフさんたちは一緒じゃないの？」

アンジェリンは『大地のヘソ』への旅路と戦いの事と、パーシヴァルとサティとの再会、それからの事などを手短にまとめて話した。

ライオネルたちは度々目を丸くしたり白黒させたり、終始驚きながらそれを聞いた。

「何というか……お疲れ様だったね」

「無事に昔の仲間が揃ったのであるか。めでたい話であるな」

「それにしてもトルネラにダンジョンかあ……ベルグリフさんがギルドマスターとか、いいなあ。人柄最高だし、人望お化けだし、取りまとめ上手いし……俺、ギルドマスター引退してトルネラに引っ越そうかなあ」

「世迷い言を抜かすでない」

「いいじゃないですか、ギルドも立て直して来たんだし、もうちょっと安定したら若い人に任せたって……ドルトスさんだって、トルネラに行ってみたいって思ってるでしょ？　〝パラディン〟だっていうって話だし」

「……まあ、まったく興味がないと言えば嘘になるが」

マルグリットが運ばれて来たお茶に手を付けながら言った。

「いいじゃねえか、来いよ。大叔父上も歓迎してくれるぜ！」

「むう……」

ドルトスは困ったように白鬚を捻じった。ライオネルは愉快そうに笑っている。余裕ができて来たせいか、彼本来の飄々とした緩さが少しずつ戻っているようだった。

アンジェリンは口端を緩めて身を乗り出した。

「それでね、『大地のヘソ』で災害級といっぱい戦ったし、マリーを高位ランクに昇格できないかなって……」

「え、昇格してもらっていいの？　いやあ、助かるなあ。マルグリットさんの実力は俺も知ってるから、異存ないよ。むしろ遅過ぎると思ってたよ。これでさらに安心して仕事が回せるなあ」

ライオネルはあっけらかんと言った。あっさりし過ぎていて、アンジェリンが思わず脱力するくらいだった。ミリアムがけらけらと笑った。

「よかったね、マリー。でも無茶するとベルさんとグラハムさんに怒られるよー？」

「うるせーな、分かってるよ。皆して同じ事言いやがって」

とマルグリットは口を尖らした。

ライオネルは愉快そうに笑いながら、お茶のカップを手に取った。

「それで、アンジェさんはどういう予定なの？　またオルフェンを拠点にしてくれるんだよね？」

アンジェリンは頷いた。

「うん。秋口にもう一度トルネラに帰るけど……今回は秋祭りで引き上げる予定」

冬越えも楽しかったけれど、少し長く居過ぎたような気もして、故郷が安っぽくなるのが何となく嫌だった。今は仕事に精を出して、秋祭りの前に帰郷してトルネラで過ごし、秋祭りが終わったら行商人たちに交じってオルフェンに戻る。期待を高めておいた方が、帰郷の楽しみも増すというものだ。

それだけではない。アンジェリンには他にもしたい事があった。

アンジェリンは手に持ったカップをいじりながら、ぽそぽそと言った。

「……あとね、しばらくここで仕事したら、また少し冒険に出たいなと思って」

「冒険？」

「なんだそれ、聞いてないぞ」

アネッサが目を丸くした。アンジェリンは頷いた。

「昨日寝床で思い付いたの……今回の旅がとっても楽しかったから」

そう、アンジェリンは冒険がしたかった。長らくオルフェンとその周辺を縄張りに活動していたけれど、今回の長い旅で、別の土地への憧憬がかき立てられたのは確かだ。トルネラでの穏やかな生活も魅力的だけれど、若い心は冒険を求める。

オルフェンの自室に戻って、久しぶりに一人きりの寝床に横たわると、何だか色々な事が頭をぐるぐると巡った。多くは今回の旅路とトルネラでの生活の思い出であった。思い出すだけで胸が高まって、幸せな気分になった。

これまでもそういう事を思い出す機会は多かったが、一人でつらつらと考えてみると、この楽しい気持ちはどこから来るのだろうとふと疑問に思ったのだ。

もちろん、トルネラで両親や仲間たちを伴った穏やかな生活も好きだ。しかし、思い出として鮮烈に浮かび上がるのは、『大地のヘソ』や帝都でベルグリフと共に戦い、知らぬ所へと踏み込んで行く場面だ。一度、異国の旅を経験してしまうと、見知らぬ場所や人との出会いが、急に欲求として浮かんで来るのである。

寝床で輾転反側《てんてんはんそく》しながら、もし旅立つとしたら、どういうルートを通ろうとか、他所のギルドではどうやり取りしようかなどと無意識に考えだしている自分に気づいて、やはり、自分はもう根っからの冒険者なのだ、とアンジェリンは思ったものだ。

「でも冒険って言っても、どこに行くの？」

とライオネルが言った。

「東の方、がいいなって思ってる。鋼の実に興味があって」

「鋼の実……ああ、大叔父上の剣のあれか」

「そう」

帝都よりも南のルクレシアやダダンにも興味はあるけれど、今は東への憧れが強まっていた。ティルディスよりも東の地。トーヤとモーリンが拠点にしていたというキータイや、ヤクモの出身地であるブリョウ。何よりも、ベルグリフが振るったあのグラハムの生きた聖剣は、東の地の鋼の木の実から打ち出されたという。

今の剣も東の鉄でできた業物だが、やはりもっと良い剣が欲しいという欲求には抗えない。トルネラの森であの大剣を振るった時の感触は、剣士としては震え立つほどに心地よいものだった。

「ああいう剣が振るえたら……いいよね。自分に合った形の剣で」

剣士であるマルグリットが頷いた。

「だな。あの剣は気取ってて気に食わねえけど、おれもおれだけの剣が欲しいなあ。細くて鋭くて……どういう性格になんのかな？　持ち主に似るわけじゃなさそうだけど」

確かに、あの剣はグラハムの得物であるにもかかわらず、グラハムに似ているわけではなかった。もし、自分の剣も意思を持つとしたら、男の子になるのか、女の子になるのか。グラハムの剣はつんと澄ました美少女という感じだったが、自分の場合はどうだろう。仲良くやれればいいけれどと思うが、喧嘩したらどうしようかしら。想像するほどに楽しみになって来る。

「鋼の実かー。杖なんかもできるのかな？　面白そうだよねー」

「弓……はあんまりしならないから無理かな。矢に使うのは勿体ないような気が……」

「おじいちゃんの他に持ってる人見た事ないよね……やっぱり手に入れるのが難しいのかな？」

「そうなんだろうな……意思がある分、使い手を選ぶっていう話だし、きちんと育てないといけないっていうし……」

「今度帰ったら、もっと詳しく聞いてみよ……」

冬の間、夜に聞いたグラハムの冒険譚では、もちろん剣を手に入れた時の話も聞いた。だがそれは冒険譚であって、剣を手に入れる時の詳細な情報というわけではない。

しかし大まかな事はアンジェリンもよく覚えている。

ブリョウは大陸の東端に位置しているが、そのさらに東側の海洋地域には大小の群島があって、鋼の木はその島のうちの一つにあるらしい。

その島はかつて海中の火山が噴き上がった際に隆起してできたもので、鋼の木はその島の土でなければ育たない。数多くの者が別の場所での栽培を試みたが、成功例は一つもないという。

要するに、そこまで行かなくてはいけないのだが、ローデシア帝国は大陸の西端、ブリョウは東端なので、行った事のない者ばかりなのも仕方があるまい。グラハムが行った時も、外国から来た旅人は彼の他はいなかったそうである。

しかしグラハムが行ったのは、下手をすると百年近く昔の話だ。今はブリョウからはヤクモが来ているし、トーヤとモーリンだって東から帝都に来ていた。行って行けない事はない筈だ。道のりは険しいかも知れないけれど、そういう旅の方が緊張感があって面白い。

だが、その道のりを乗り越えて辿り着いても、剣の方にそっぽを向かれては話にならない。東との行き来は容易になっている筈なのに、グラハムのような生きた剣の使い手の話を聞かないのは、鋼の実の武器の扱いが未だ難しいという証左なのかも知れない。

グラハムの話では、幼剣――とグラハムは言っていた――だった頃の剣は地面に突き立ったまま頑として動こうとせず、グラハムは柄を握ったまま七日七晩の根競べをしたそうだ。

また、剣が使い手を認めても、剣士の方が剣を育て切れずに朽ちさせてしまう例もあるらしい。

さらに扱い方によっては魔剣と化し、使い手を支配しようとする事もあるようだ。何もかもが普通の剣と違う。だが、それだけ扱いが難しい分、その性能はアンジェリンも身に沁みて分かっている。

グラハムがその根競べに勝って剣を手に入れたばかりの頃は、剣はグラハム以外には触られるのも嫌がって、度々他人を跳ね飛ばしたりしていたらしい。研ぎを任せた職人すら跳ね飛ばしたらしいから、その気性の荒さたるや尋常ではない。

そう考えると、アンジェリンやベルグリフにも扱わせた辺り、今の聖剣はあれでもかなり丸くなったという事だ。グラハムと共に幾多の修羅場を潜りぬけて来た結果、あんな風になったのだろう。すごく人間臭くて、それがアンジェリンには好ましく映った。自分の剣もそんな風だと、寂しくなくていいなと思った。

いずれにせよ、そうなると船に乗らなきゃいけないな、とアンジェリンは思う。

オルフェンの西側の海洋都市、エルブレンでいくつもの船を見た事はあるけれど、乗った事はない。考えるとわくわくする。あれで海の上を滑って行くのは愉快そうだ。

しかし、それはまだ先の話だ。アンジェリンにとっての最優先事項は、秋のトルネラの岩コケモモである。それさえ満たされれば、心置きなく東に旅立つ事ができる。その為にも、今はオルフェンでしっかりと仕事をして、その分の埋め合わせをしておかなくてはならない。

ライオネルが苦笑しながら頭を掻いた。

「そんな遠くじゃ、またしばらく不在になるわけかー」

「うん……駄目？」

「いや、大丈夫。そりゃアンジェさんたちがいてくれた方が格段に助かるけど、いつまでも頼りっぱなしじゃいられないですしね、ドルトスさん？」

「うむ。アンジェ不在で成り立たぬようであれば、そもそもオルフェンのギルドに未来はあるまい。これも後進を育てるいい機会と捉えるべきであるな」

「……でも、今すぐじゃないよね？」

「当然……しばらくはここでお仕事する」

「よかったあ。それだけでおじさん安心だよ」

アンジェリンはくすくす笑って、ライオネルに向き直った。

「わたしたちに頼みたい急ぎの仕事とか、ある？」

「んー、前みたいな災害級魔獣の大量発生はないからね……あ、でも変異種の調査をしてもらいたいダンジョンがあったかも……ユーリに聞いてみて」

「分かった……じゃあ、マリーの昇格の話、よろしくね」

「はいはい。でもちょっと待ってね、今日はまだ片付けなきゃいけない仕事があって……」

「平気。急いでないから……今日、どうしよっか？」

アネッサが考えるように視線を泳がした。

「そうだな……ひとまずユーリさんに話を聞いて、それから装備を調えないか？　ずっと留守にしてたから、道具も古くなってるの多いし」

「ん、そうだね……じゃあ、ギルドマスター、しろがねのおっちゃん、お仕事頑張ってね」

と立ちかけて、ふとアンジェリンは口を開いた。

「そういえば……マッスル将軍はお出かけ？」

「チェボルグの奴は腰を痛めて寝込んでおる」

「ええ……」

○

野の花は盛りを迎え、蜜や花粉を集める蜂や、色とりどりの蝶が飛び交って賑やかだった。緩やかな丘陵からは雪解けでできた小さな水の筋が湧き出て草の間を走り、その縁を鼠などの小動物が駆け回る。それを狙っているのか、空には鳶が輪を描いていた。

ハルとマルの双子が、花盛りの平原に座って花輪を編んでいた。座ったままでも、材料の花は手を伸ばせばいくらでもあるらしかった。

遠くに点々と見える白いものは放牧された羊たちである。その間を、カシムがシャルロッテとビャク、ミトを連れて歩いていた。

件の結界を張るのに、今日は朝から村の外に出ていた。サティは家の片付けと家事をすると言って留守番である。カシムが結界張りを引き受けて、シャルロッテたちはその手伝いだ。グラハムとパーシヴァルは他にする事があると言って二人していなくなった。

ベルグリフは子守である。しばらく双子を眺めてから声をかけた。

「何を作っているんだい？」

「かんむり」

「パーシーにあげるの。カシムにも」

「できた」

シロツメクサやアカツメクサの可愛らしい花が輪に編まれているのを、双子は自慢げに掲げてベルグリフに見せた。

「はは、上手にできてるなあ」

「そうでしょ」

「おとーさんにも作ってあげるね」

「それは嬉しいな」

双子は作り終えた花輪を脇に置いて、また花を摘み始めた。まだアンジェリンが小さな頃、こうやって花冠を編んで遊んでいた事を思い出すようだった。

あの子はオルフェンに無事に着いたかな、とベルグリフは遠い都の娘に思いを馳せた。

ハルが花を取ってマルに手渡した。

「おとーさんに作って……じいじにもあげるんだもんねー」

「ねー」

「いいな。じいじも喜ぶぞ」

双子はにんまり笑って、摘んだ花を両手いっぱいに握りしめた。

「お花いっぱいでうれしいね。みんなの分が作れるね」

「お母さんにも作ってあげたいね」

その言葉に、ベルグリフは詰まったように口をもぐもぐさせた。双子の言うお母さんというのはサティの事ではない。双子にとってのお母さんは、二人を産んだ女性であり、サティに助け出されながらも命を落とした。

だが、双子は死の概念がイマイチ分かっていない。また、ベルグリフたちも説明しようにも難しく、また真実を知った時のハルとマルの悲しみを思うと、どうにも言いあぐねてしまうのである。

聞くところによれば、二人の母親の墓はサティの作った空間にあった。今は崩壊してしまっただろうという事だから、墓参りに行く事もできない。

ベルグリフは何とも言えない気持ちになり、身を屈めると、無邪気に花輪を編んでいる双子の肩に優しく手を回した。

「……ごめんな」

双子は不思議そうな顔をして赤髭の「おとーさん」の方を見た。

「どうしたの？　どこかいたいの？」

「ないてるの？　だいじょうぶ？」

双子はよく分からないというような顔をしていたが、二人してベルグリフの頭をくしゃくしゃと撫でながら、「いたいのとんでけー」と言っていた。

やがてベルグリフは顔を上げると、微笑みを浮かべて二人の頭を撫でた。

「……ありがとう」

「よくなった？」

「えへへ、よかった」

そうしてまた花輪を編み始める。

いずれ真実を告げた時、二人はどんな風に思うだろうとベルグリフは目を伏せた。このままではいけないと思いながら、つい目の前の幸福に飛びついて問題を先延ばしにしてしまう。自分は自分で思うよりも弱い人間だ。

向こうの方からカシムがやって来た。シャルロッテとビャク、ミトを連れている。カシムは何やら紋様の刻まれた細い棒杭を抱えていた。結界を張る為の道具だ。

「いやあ、いい天気だねえ。昼寝でもしたい気分だよ……どうしたの？」

「や、何でもない。どうだい、案配は」

「いい感じだよ。シャルが頑張ったからね」

カシムはそう言ってシャルロッテの頭をぽんぽんと撫でた。

「中々魔力の操作が上手くなったもんだよ。才能あるぜ」

「そ、そう……？」

シャルロッテは照れ臭そうにはにかんだ。彼女は家や村の手伝いをしながら、ずっと魔法の練習は続けている。今回の結界も、カシムとグラハムが術式を刻んだ棒杭に、シャルロッテが魔力を込めたらしい。彼女の持つ魔力の量は膨大で、強力な術式を展開するにも足る量が賄えるようだ。

カシムは余ったらしい棒杭をがらがらと地面に投げ出した。

「概ね杭の設置は終わったけどね、羊どもを追い出さないと」

するとあの辺が結界を張った場所になるのか、とベルグリフは草を食む羊たちに目をやった。確かに、点々と杭らしきものが並んでいて、それが羊のいる辺りを囲むように、緩やかな円を描いているようだった。

うららかな陽が平原一杯に降り注いで、魔獣との戦いの場になるとは思えないような風景である。

「それで、羊をよそにやったら、もう魔獣を呼び出すつもりなのかな？」

「うんにゃ、ちょいと結界の強度を確認しなきゃいけないね。どんな魔獣が出るか分からない以上、警戒し過ぎて無駄って事はないし……へへ、なんかベルみたいな事言ってるな、オイラ」

「カシム、こっち」

「すわって」

「ん？」

双子に手招きされてカシムが身を屈めると、山高帽子の上から花輪が引っ掛けられた。

「あげる」

「おー、あんがと。似合うかい？」

「うん。かわいい」

双子はきゃっきゃとはしゃいだ。カシムはにやにやしながら花飾りで彩られた帽子をかぶり直す。

「ますます色男になっちまうね、こりゃ。へっへっへ」

「カシムおじさまは不思議とそういうのが似合うわね」

シャルロッテがそう言ってくすくす笑う。無精に伸びた髪の毛に髭面の上、粗末な服をまとっているのに、可愛らしい花飾りが似合うというのは何だか面白い。

「ミトにい、手つだって。もっといっぱい作るの」

「うん。シャルとビャッくんにもあげるの？」

「そうだ。まっててね」

「いらねえ」

「えー」

「ビャク、そんな事言っちゃ駄目よ、せっかくくれるんだもの」

「そうだぜ、お兄ちゃん。シャル、こいつ逃げないように捕まえとかないと」

「そうね！」

「何すんだ、やめろ。おい、放せ」

「三人とも、とびきり可愛いのを作ってあげてね」

「おー」

「がんばるぞー」

「やめろ！」

「観念しな、へっへっへ」

両側からシャルロッテとカシムに腕を掴まれて、ビャクは顔をしかめて身じろぎした。

そんな風に騒いでいると、パーシヴァルとグラハムがやって来た。

「何やってんだお前ら」

「そりゃこっちの台詞だよ。どこほっつき歩いてたのさ」とカシムが言った。

「軽く剣を合わせてたんだよ。共闘する以上、互いの剣筋が分からねえと面倒だからな。念を入れて悪い事はねえ」

パーシヴァルはそう言って腰の剣の位置を整えた。グラハムも頷く。大剣を背負った彼の姿を見るのは何だか久しぶりだ。

パーシヴァルは辺りを見回した。

「結界は準備できたか？」

「できたよ。杭で囲んである辺りさ。羊を追い出して……ちょっと強度を確かめないといけないけどね」

「成る程な。しかしカシム。お前、随分可愛い事になってるじゃねえか」

「へっへっへ、かわいこちゃんたちから花冠の贈り物さ」

カシムは笑って帽子の花輪に手をやった。双子が自慢げに顔を上げる。

「パーシーのぶんも作ってるよ」

「まっててね」

「はいはい、ありがとよ」

「で、羊はどうすんだよ」

ビャクが言った。ベルグリフは顎鬚を撫でた。

「そうだな、とりあえずあの杭の輪から出せればいいから、皆で協力して追って……」

「んな面倒な事しねえでもいいだろ」

パーシヴァルはつかつかと前に出ると、やにわに闘気をみなぎらせて思い切り足を踏み鳴らした。

すると、暢気に草を食んでいた羊たちが仰天して、ものすごい勢いで逃げ散って行った。

「これでよし」

しかし普段羊を可愛がっているシャルロッテが頬を膨らました。

「よしじゃないわ、パーシーおじさま。あれじゃ羊が可哀想じゃない」

「……パーシー、あんなに散らばらしちゃ後で集めるのに苦労するんだが」

「えっ、ごめん……」

ベルグリフにも言われて、頭を掻くパーシヴァルを見て、カシムが大笑いした。

「怒られてやんの。〝覇王剣〟も形無しだな、こりゃ」

「うるせえ」

口を尖らしたパーシヴァルのマントをミトが引っ張った。

「大丈夫だよ、パーシー……誰でも間違える事はあるよ」

「お、おう……そうだな」

ベルグリフもこれには堪え切れずに噴き出した。そこに双子が「できた！　しゃがんでパーシー！」と花冠をかぶせたものだから、普段は笑顔を見せないビャクすら、必死に顔を隠すようにして肩を震わせているし、いよいよカシムは笑い死にそうになっている。

「だーッははははは！　ひぃー、もう駄目！　死にそう！　似合ってるぜ、パーシーちゃん！」

「ブッ殺すぞテメエ」

「……パーシー、いやだったの？」

「だからおこってるの？」

「い、いや、違うぞ。冠は嬉しい。めちゃくちゃ嬉しいが……」

不安そうな双子を見てしどろもどろになるパーシヴァルを見て、皆は余計に腹を抱えた。

双子は安心したように顔を見合わせた。

「よかった。みんなおそろい！」

「ねー」

見るとグラハムまで花冠をかぶせられている。この駄目押しにパーシヴァルも腹をくすぐられて体をくの字に曲げた。

そんな風に皆で大笑いしていると、グラハムの背中の剣が「真面目にやれ」とでも言うように唸った。

一三四　結界の広さは村の広場と

結界の広さは村の広場と同じくらいだ。あまり広くても面倒であるし、魔獣と戦うのだから狭くてもいけない。

結界の中に入ったパーシヴァルとグラハムは、それぞれに辺りを見回して、足場などを確かめるように歩き回った。カシムはシャルロッテを連れて、立てた棒杭一つ一つを改めて見て回る。

「……よーし、こっちは大丈夫だぜ。起動していいかい？」

「いいぞ」とパーシヴァルが言った。

「よっしゃ」

カシムがシャルロッテに頷きかけると、シャルロッテはそっと目を閉じて大きく息を吸い、吐いた。そうして両手の平を上に向けて魔力を集中させる。魔力が渦を巻いて彼女を取り巻き、アルビノの髪が浮かぶようになびいた。

「いいぞ、そのまま棒杭の方に」

シャルロッテは薄目を開けて、緊張気味に両手を前に出した。魔力が杭の一本に流れると、刻まれた紋様が青白く輝き、先端から光が筋になって飛び出したと思うや、両側の杭に伸びて、立てた棒杭が次々と青白く輝いた。やがてその光が薄い壁のように広がって繋がり、ドームのような半球になって棒杭の内側を覆った。

「よーし、上出来上出来。もういいぜ、シャル」

シャルロッテは大きく息をついて両腕を降ろした。ミトが嬉しそうに駆け寄ってシャルロッテの手を握った。

「シャル、カッコいい。凄いね」

「えへへ、そう？」

そう言ってはにかむと、シャルロッテはそっとベルグリフの方を見た。感心したようにこの魔法の行使を眺めていたベルグリフは、もちろん褒め称えるような視線をシャルロッテに送り、シャルロッテは頬を染めて喜んだ。

カシムは目を細めて結界の様子を眺めた。

「さーて、しかし強度を確かめないとね。パーシー、行けそう？」

「おう。だが離れてろ」

結界の内側のパーシヴァルが剣を抜いた。相対するグラハムも大剣を抜き放つ。久々の出番に聖剣も大張り切りという風で、空気が振動するような剣気を放った。ベルグリフは思わず息を呑む。自分が柄を握った時とは比べ物にならない。

だが、それに一歩も引かずに対峙するパーシヴァルもやはり只者ではない。軽く笑みさえ浮かべているくらいだ。しかし花冠がやっぱり可笑しい。

「いいかい、グラハムさんよ」

「うむ」

グラハムは頷き、軽く剣を後ろに引いた。それだけで空気が震える。

二人はしばらく様子を窺うように対峙したまま動かなかったが、突如として同時に動いた。どちらかが先に動いたのか、それは分からないが、傍から見る分にはまったく同時であったというくらいである。

互いの剣撃が裂帛《れっぱく》の気合と共に繰り出された。

そうして刀身がぶつかり合うや、とてつもない衝撃波が二人を中心に巻き起こり、結界の中の草や花々が千切れて、渦を巻いて飛び交う。結界が青白く明滅し、大地が震えるようだった。

数瞬競り合ったと思いきや、刀身が押し合っている部分から、突如として魔力が膨れ上がる。

「あ、やばい」

カシムが大慌てで前に一歩踏み出した。両手を突き出して何か小さく詠唱する。

それとほぼ同時に、硝子《ガラス》が割れるような音と共に結界が砕け散った。

ベルグリフは咄嗟に双子を抱いてマントに隠し、ミトやシャルロッテ、ビャクを庇うように立ちふさがった。

中で大暴れしていた暴風がたちまち外へと溢れ出し、台風のような荒々しさで平原を撫でて行く。植物だけでなく、細かな土や石などが飛んでいたが、こちらには降って来ない。目をやると、砂色の立体魔法陣が明滅しながらそれらを阻んでいた。

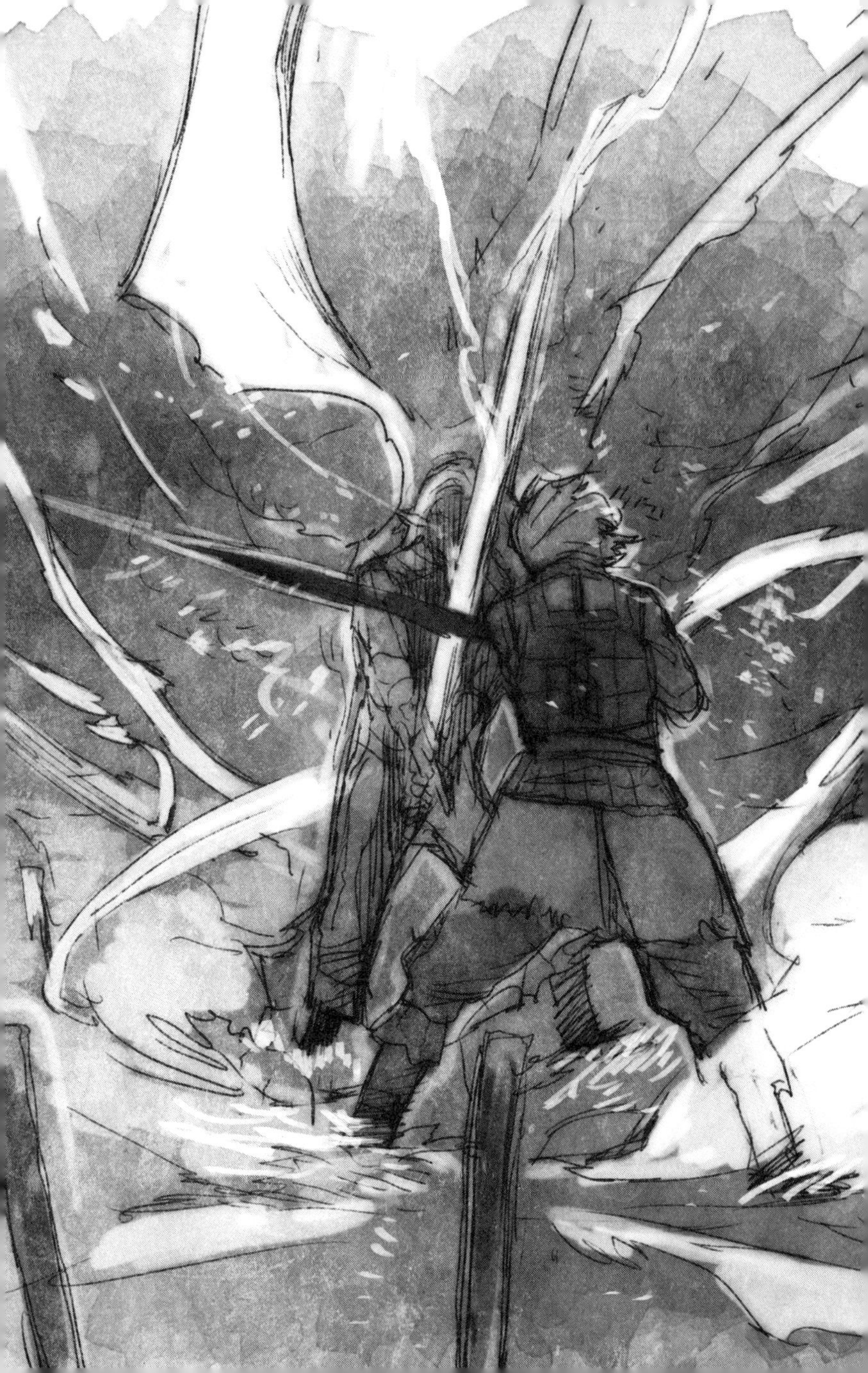

「ビャク、魔法はまずいんじゃ」

「心配すんな、このくらい魔王の力は要らねえ」

髪は白いままだ。ベルグリフはホッと胸を撫で下ろした。

泡を食ったせいか長い時間に感ぜられたが、どうやら短い時間だったらしい、風が止まると、元の通りののどかな春の陽射しが降り注いでいる。

「……ふう」

ベルグリフは顔を上げて、驚いた顔をしている双子を地面に降ろした。

「大丈夫かい、みんな」

「わたしは平気よ」

「ぼくも大丈夫」

子供たちは少し驚いたようだが、それでも平気そうな顔をしていた。むしろ楽しかったようで、双子とミトは「すごかったね」と顔を見合わせてはしゃいでいる。カシムだけは頭を抱えていた。

「術式一から組み直しじゃないかよー……魔獣が出る前に冒険者が結界壊してどうすんだって、もー」

「おいカシム！　テメエ、適当な術式組みやがって、やる気あんのか！」

パーシヴァルが怒鳴った。カシムが怒鳴り返す。

「うるせー！　そりゃこっちの落ち度もあるけど、限度ってもんがあるだろーッ！」

「ぐたぐた言ってねえで、さっさと組み直せ！　これじゃ百年経っても魔獣なんぞ呼び出せねえぞ！」

「わーってるよ！　くそー、ちょっと甘く見てたなこりゃ……みんな、棒杭回収するぞー」

　カシムが手をひらひらさせて歩き出すと、シャルロッテとミトが「はーい」と付いて行く。今度は双子も面白がって駆けて行き、それを追いかけるように早足でビャクが付いて行った。

　ベルグリフが、さてどうしようかと思っていると、入れ替わりにパーシヴァルとグラハムがやって来た。

「脆い結界張りやがって。龍種でも出て来たらどうするつもりだったんだか」

「……パーシー、わざとやったんじゃないか？」

「……ちょっとだけな。ま、俺とグラハムさんの本気の剣がぶつかりゃ、ああなるのは何となく分かってはいたけどよ」

　パーシヴァルは抜身の剣をくるくる回した。黒っぽい金属でできた片刃の剣で、刀身には幾重もの波模様が走っている。グラハムの大剣と打ち合ったにもかかわらず、刀身には傷一つついていない。これもかなりの業物なのだろう。

　パーシヴァルはじろりとグラハムの大剣を見た。

「にしても、容赦なく俺の剣を折りに来やがったな。とんだじゃじゃ馬だ」

「……すまぬな」

　グラハムが困ったように目を伏せた。パーシヴァルは声を上げて笑う。

「なぁに、あんたは抑えてくれたんだからいいんだよ。こっちも簡単に折られりゃしねえしな。ま、そのせいで魔力が膨れて結界が弾けたんだろうが」

大剣は唸りもせずに黙っている。怒られて拗ねているようにも見えて、ベルグリフも思わず笑ってしまった。

その時、村の方角から誰かが駆けて来る気配がしたと思ったら、「ししょおー！」と元気のいい声が聞こえて来た。見るまでもなく誰だか分かる。サーシャ・ボルドーは疾風のような身のこなしで駆けて来ると、ベルグリフの手を両手で握ってぶんぶんと振った。目が輝いている。

「ご無沙汰しております！　この度はご結婚とギルドマスター就任、おめでとうございます！」

「ははは、ありがとうございます、サーシャ殿。ギルドマスターはまだ先の話ですが……サーシャ殿もお元気そうで何よりです」

「元気だけが取り柄のようなものですから！　アンジェ殿から話を聞きまして、これはお祝いに伺わねばと飛んでまいりました！　グラハム殿もお変わりなく……むむ？　そちらのお方はもしや」

サーシャはグラハムを見てから、パーシヴァルに視線を留めて目を細めた。パーシヴァルは怪訝な顔をしてサーシャを見返した。

「誰だ？」

「この方はサーシャ・ボルドー殿。ほら、先日来たヘルベチカ殿とセレン殿の姉妹で……サーシャ殿、こいつはパーシヴァルといいます。私の昔の冒険者仲間で」

サーシャは頬を上気させてパーシヴァルの手を取った。

「お噂はかねがね聞き及んでおります。音に聞こえた〝覇王剣〟のパーシヴァル殿と会えるとは……このサーシャ・ボルドー、感動の極みです！」

「大げさだぜ、そいつは……賑やかな姉ちゃんだな、おい」

パーシヴァルは苦笑しながらベルグリフの方を見た。

サーシャがいると一度に場が賑やかになる。しかし決して悪い気はしない。

グラハムが呆れたような笑みを浮かべた。

「そなたは少し落ち着きを身につけるべきだと思うが」

「うっ……」

サーシャは恥ずかしそうに頬を染めて俯いた。

「あれあれ、もう終わっちゃったの？」

また別の声がした。サーシャが来たのと同じ方から、サティとダンカンが一緒に来るのが見えた。

「サーシャちゃん、足速過ぎるよ。若い子は元気だねえ」

「はっはっは、サティ殿もそうではありませんか。某が一番年寄りに見えますわい」

ダンカンは戦斧を携えており、サティは四角い藤籠を両手に一つずつぶら下げていた。

「家の方はもういいのかい？」とベルグリフは言った。

「うん。こっちを見物しようと思って急いで終わらせたの。でももう終わっちゃったのかな？　さっき物凄い突風が吹いたから、急いで来たんだけど」

「いや、結界の強度を確かめたんだが、パーシーとグラハムが壊しちゃってね。もう一度張り直す事になった」

「Sランク魔獣よりも物騒だね、そこの二人は」

サティがそう言ってくすくす笑った。グラハムはバツが悪そうに頭を掻いた。パーシヴァルはにやにやしている。

ダンカンが戦斧にもたれた。

「ではしばし時間がかかる、という事でしょうかな？」

「そうだな。今カシムと子供たちが直してるけど……」

遠くに目をやると、子供たちを引き連れたカシムが棒杭を回収しながら移動しているのが見えた。刻んだ術式を新しくするつもりなのだろう。

サーシャがうずうずした様子で言った。

「あの、あの、サティ殿から聞いたのですが、高位ランク魔獣を呼び出して討伐なさるとか！」

サーシャはトルネラに着いて真っ先にベルグリフの家に向かったが、サティがいるだけで留守だった。それでサティと話をして、ここまで一緒に来たようである。

「ええ、その為の結界を張っているのですよ。グラハムやパーシーがいるとはいえ、絶対という事はありませんから」

「むむう、どんなに有利に思える状況でも気を抜かず……流石は師匠、思慮深い」

「い、いや、そんな大層な話ではなくて」

「お時間があればまた手合わせをと思っていたのですが、すぐには無理そうですね……」

「面白いなあ、サーシャちゃんは。どっちみち、結界が再構築されるまでは待ちって事だよね？

お弁当、食べる？」

サティはそう言って藤籠を掲げた。

ベルグリフは太陽の位置を見た。まだ昼には少し早いかも知れない。腹具合も何とも言えないところである。

「まだいいかな。俺たちよりも子供たちの方が食べたいんじゃないか？」

「そうね。どれ、わたしも加勢に行こうかな。終わったらお昼だね」

「わたしもご一緒します！　折角来たのですし、黙って見学というのも味気ないので！」

そうしてサティとサーシャは連れ立って歩いて行った。パーシヴァルが肩をすくめた。

「あの家の姉妹は揃って強烈だな、おい」

「うん、まあ……うん」

ベルグリフは苦笑して顎鬚を捻じった。そう改めて言われると、確かにボルドー家は三人とも個性的だ。

いずれにせよ、もう少し待たねばなるまい。カシムの事だからそう長い時間はかからないだろうけれど、瞬く間にというわけにもいかない。

ベルグリフはゆっくりと腰を下ろした。服越しにくしゃくしゃした草の感触がした。

ここは緩やかな傾斜地を上った所だ。結界の張られる場所はやや低く、ここから眺めると棒杭を回収する面々がよく見えた。

「ピクニックのようなのどかさですな」

ダンカンが笑いながら隣に腰を下ろした。ベルグリフも笑う。

「子供が多いからね。確かに、これから高位ランク魔獣が出て来るなんて信じられないな」

「……しかし魔王とは何なのでしょうな。ミトや、あの双子を見ていると、某は何だか分からなくなります」

ダンカンの言葉に、ベルグリフは考えるように目を伏せた。本当にその通りだと思う。

伝承によれば、魔王はソロモンの作り出した人工生命体だ。ソロモンが消え去った後に暴走し、世界中を破壊した。その魔力が魔獣を作り出したとも言われている。

だが、今目の前で歩き回っている魔王の子供たちは、まったく無邪気そのものだ。ミトはもちろん、ハルとマルの双子、ビャクもそうだし、アンジェリンだってそうなのだ。しかしその誰もが言い伝えられている魔王の像とはかけ離れている。

しかしその一方で、アンジェリンがオルフェンで討伐したという魔王や、マルグリットやグラハムが各地で倒したという魔王は、やはり恐ろしい存在だったようだ。そこがどうしても線でつながらない。

「グラハム、君が相対したという魔王は、どんな感じだった？」

「……強力な相手ではあったが、しかし心ここにあらずという風だった。あれらの暴力の振るい方は、さながら子供が悪意もなく虫を潰すようなそれに近い。故に加減がなく、危険だった。だから私はあれらを討伐して回ったのだ」

「確かにそうだな」パーシヴァルも頷いた。「あいつらは不気味だった。ただ、どこかに帰りたがっていた。いや、帰って来て欲しがっていたのか……？　親に捨てられた子供が、親に言われた事を素直にやって、そうしていれば帰って来てくれる筈だって信じているような……ともかく誰かに会いたがっていた。やるせない感じだったな」

そういえば、パーシヴァルも魔王を倒した事があるという。ベルグリフは顎鬚を捻じった。

「子供、か。確かにそうなのかも知れないな……ソロモンは、本当にただの兵器として彼らを作り出したんだろうか？」

「分からん……が、もしそうであれば、感情は邪魔な筈だ。自らを主人として慕わせるというにしては、あまりに人間臭すぎる」グラハムが言った。

「……家族でも欲しかったのかね」

パーシヴァルが言った。彼の言葉は冗談を交えるような調子だったが、ベルグリフは、案外それは的を射た考えかも知れないと思った。

「魔王について、見て見ぬふりはできないだろうな」

ぽつりと呟くと、グラハムが頷いた。

「調べねばなるまい。子供たちが憂いなく過ごせるようにな」

○

アネッサとミリアムが並んで座っていた。ギルドの建物の前にはベンチが並んでいて、中に入らずとも腰を下ろす事ができる。

アンジェリンはマルグリットを連れてライオネルたちと会っている。マルグリットの高位ランク昇格に関しての手続きやらがあるらしい。皆で押しかけても手持無沙汰だろうし、ごたごたしても迷惑そうだから、二人はこうして待っていた。その手続きが済んだら、四人揃って近場のダンジョンに行ってみる予定である。

人が行き交ってやや埃っぽい。空から射す光で、舞う埃がくっきりと見える。しかしまだ夏には早く、全身に浴びて気持ちがいいくらいだ。トルネラ程の清々しさはないけれど、もちろん不快ではない。

「あー、昼寝がしたい感じになって来たねえ」

「そうだな。あったかくて、いい気分だ」

アネッサはそう言って伸びをする。わずかに背骨がくきくきとなって、体がほぐれるような心持である。

オルフェンに戻って来ただけで、妙に騒々しい気分だ。人や物が多いのもあるし、長らく留守にしていた家を掃除するのに少し時間がかかった。消費し損ねてそのままになっていた野菜がからからに乾いてしなびて、何だか分からないものになっていたのは辟易したけれど、片付けてしまえばもちろんすっきりする。

家事をしながら、トルネラのベルグリフ宅での生活を思い出した。一気に人数が減って、ようやくあの家も少し賑やかさが落ち着くのかな、とアネッサは何ともなしにミリアムの方を見た。

「なぁに？」

「いや、これで長い休暇も本格的に終わりだなあ、と思ってさ」

「そうだねー。いやあ、大冒険でしたにゃー」

ミリアムはそう言ってくすくす笑った。

そう、思い起こせばまるで全力疾走のような日々であった。アンジェリンの仲間になっていなければ経験できなかった事ばかりだろう。それはかりかベルグリフやその旧友たちと知己になる機会すらなかっただろう。トルネラにだって行く事はなかった筈だ。

アネッサはぽつりと呟いた。

「……あの時ギルドから、アンジェのパーティにって勧誘がなければ、トルネラの人たちとは誰とも知り合ってないんだよな」

「確かに。最初はアンジェの事ちょっと怖いって思ってたもんね。受けてよかったよねー」

自分たちもかなり若くしてＡＡＡになったという自負こそあったものの、その上を行く天才少女相手には、妙に委縮する気持ちがあったのも確かだ。最初はそれこそ腫れ物に触るような慎重さで接していた事も否めない。後になって、アンジェリンの方もそうだったと聞いて三人で大いに笑ったのだったが。

ともあれ、オルフェンに帰った以上、また元通りの日常だ。依頼を受けて、出掛けて、戦って、素材を集めて、そうして装備や持ち物を点検して手入れして、また新しい仕事に行く。そう考えると、日常とは繰り返しの事なのだろうかと思ってしまう。

アンジェリン曰くまた東に旅に出たいという。もちろん付いて行くつもりだが、それが終わってからはまた日常が戻って来るだろう。そうなったら、またどこか遠くへ旅に出る事はあるのだろうか。

「……いつまで続くやら、だな。はあ」

どうにもため息ばかり出て困るな、とアネッサは膝に肘を突いて頬を乗せた。大きな冒険を終えてしまったというのが、何だか一つの区切りになったようで、それが妙に寂しいような気がした。要するに気抜けしてしまった感があるのだ。

ベルグリフとその旧友たちを見ていると、何だか自分たちも過去に思いを馳せる。出会った時や、ぎこちなかった頃、打ち解けた時の思い出などが自然と浮かんで来る。だが、彼らはある意味自分たちの未来の姿だ。四十代になったとしたら自分は何をしているだろう、と考えは過去から将来へと転がって行く。

四十代だけではない。もっと年を取って、体が一層自由に動かなくなって来た時、冒険者でいる事はできるのだろうか。

もちろん、パーシヴァルやカシムは四十代でも元気で、まだまだ現役の冒険者として十分に通用する。マリアやドルトス、チェボルグのように六十を過ぎても戦っている姿が容易に想像できた。サティは体が衰えない限り実年齢は関係ないだろうし、ベルグリフだって、本人にその気があれば復帰する事も容易いだろう。ああいう姿を見ていると、自分たちだってそうなれるという気にもなる。

だが、同時に心に刺激を受け続け、戦いの緊張感が日常と化した生活に疲労感を覚えるような気がするのも確かだ。ああいった事がマンネリ化して来ると、物事に対する色彩が失われるように思われた。

トルネラでの穏やかな生活の中、冒険など縁がないまま、日々の農作業や家の仕事を丁寧にこなしている村の女たちと交流する度に、こんな生き方も十分にあり得るな、と思ってしまった。

不意にぺけぺけと六弦の音がした。見るとルシールがヤクモと連れ立って歩いて来るところだった。ルシールがへろへろした声で歌っている。

「てれれてーてー、てれれてー、うぇなぁいしくすてぃふぉう」

「おーい、お二人さーん」

ミリアムが手を振ると、二人はやって来た。

「おう。何をしとるんじゃ？　アンジェを待っとるのか？」

「そうでーす」

「マリーの昇格の手続きをしに行ってるんですよ。あいつもパーティに加入する事になったんで」

ヤクモは頷きながら煙管を叩いて中の灰を落とした。

「仲が良くてええのう。アンジェとマリーで前衛二人か。後ろに射手と魔法師。盤石の態勢じゃな」

「ですね。前よりも気楽に戦えそうです」

「ますます稼げるというわけか。まったく、羨ましい話じゃわい」

マルグリットの剣の腕は自分たちも認めるところだ。経験の差か、まだアンジェリンにやや及ばない部分はあるものの、その剣筋は高位ランク冒険者にふさわしい鋭さがある。性格も不器用者の可愛さがあって、アネッサもミリアムも好きだ。居候として受け入れて起居を共にしている事もあって、パーティでもきっと上手くやれるだろうという確信はある。

しかしマルグリットはエルフだ。二十年経ってもその容姿は変わらないだろう。サティを見ればそれは容易に想像がつく。自分たち人間が着実に衰えて行くうちに、彼女だけ冒険者を続けているという未来もあるかも知れない。そうなった時、自分たちはどんな感情を胸に抱いているだろう。

未来の事など誰にも分からないけれど、分からない分だけ思い煩うと長い。

アネッサはまた一つため息をついた。煙管に煙草を詰めながら、ヤクモが笑った。

「なんじゃ、幸せが逃げるぞ？」

ミリアムが変な顔をしてアネッサを覗き込んだ。

「アーネ、さっきから、なんか変じゃない？　センチメンタル？」

「そういうわけじゃ……いや、そうかもな」

「なんで？　やっぱもっとトルネラにいたかった？」

「そうじゃなくてさ、何か気抜けしたというか、何というか……妙に未来の事とか考えちゃうし」

「未来の事？」

「うん。冒険者っていつまでも続けられる仕事じゃないのかな、ってさ」

「なんだあ、年寄りっぽいぞー」

「うるさいな。だってそうだろ。今はいいけど、将来は分かんないし」

「へえー。じゃあ、将来はトルネラのギルドで弓の教官でもする？」

ミリアムのいたずら気な台詞に、アネッサは思わず吹き出した。トルネラの、というのがミリアムの本音が出ているようで、いい。

「ふふっ、そうだな。それもいいかもなあ……そしたらお前は魔法の教官か？」

「んー、わたしは教えるの苦手だからなー。行くとしたら研究の方か魔道具の方かな」

「魔法使いは結構選択肢ありそうでいいよな。トルネラで魔道具屋始めたら需要はありそうじゃないか？」

「それじゃすぐ引退するような話じゃん。わたしはまだ冒険者するのー」

ミリアムは耳をぴこぴこ動かして、視線を宙に泳がした。

「……でもわたしもね、あんまし年とっても冒険者やってるかは分かんないなーって思ってた。そのうち疲れちゃうかもだし、もしかしたら大怪我するかも知れないし……」

「なんだよ、人の事からかっといて」

「だってアーネをからかうのはミリィちゃんの義務だもーん」

アネッサは口を尖らして、ひょいとミリアムの帽子を取ると、猫耳をつまんでぺこんと裏返した。しばらくすると勝手に跳ね返って戻る。それをなんとか戻らないように上手い事調整して、両耳とも裏返ったままになったミリアムを見て、アネッサは満足げに頷いた。

「うん、よし」

「よしじゃないから」

ミリアムは頬を膨らまして、器用に耳だけ動かして両方ともぴんと伸ばした。ヤクモが口から煙を吐き出した。

「仲良しじゃのう、おんしらは。しかし儂より若い癖にあんまり小さくまとまるもんじゃないぞ」

「ヤクモさんは生涯現役って感じですか？」

「他に何かやれるような性格じゃないからのう。嫁の貰い手があるでなし、あっても炊事洗濯を仕事に暮らすのは性に合わんでな」

「えー、美人なのに勿体ないですにゃー」

「何言うとるんじゃ。大人をからかうんじゃないわい」

「ルシールは？　将来の事とか考える事ある？」

「あいむろけんろーらー」

「つまり？」

「明日は明日の風が吹く……ぶろうぃにんざうぃん」

それだけ言って、ルシールは六弦をつま弾いている。ちっとも要領を得ないので、三人は諦めて肩をすくめた。

「南部語ばっかり話しおって……ま、こやつが意味不明なのは今に始まった事ではないわな」

「まあ、ルシールらしいと言えばらしいけど」

ルシールは六弦を弾く手を止めて、アネッサとミリアムをジッと見た。

「二人は素敵なお嫁さんになるの？」

「んなっ」

藪から棒の一言に、アネッサもミリアムも目を白黒させた。

「なんでそんな話になるのさー」

「トルネラの結婚式、素敵だった。サティさん綺麗だった」

ルシールはそう言ってまた六弦をつま弾いた。アネッサとミリアムは顔を見合わせた。

「そりゃ……ちょっといいなとは思ったけどさ」

「相手がいないもんねー……」

「昔の人は言いました。果報は寝て待て。おっと、寝過ごした」

「んぐ……」

ミリアムは言葉に詰まった。そりゃ確かに探す努力は最初から放棄していたかも知れないけど、と思った。ヤクモがくつくつ笑いながら煙を吐いた。

「可愛いのに勿体ないのは確かじゃの。切った張ったを続けるよりも、穏やかな家庭に落ち着くのも悪い話ではないかも知れんのう」

「ヤクモんみたいに寝過ごしちゃ駄目だぜ、べいべ」

ヤクモは無言でルシールの頭に拳骨を落とした。ルシールはきゅうと鳴いた。

その時、用事を終えたアンジェリンとマルグリットがギルドから出て来た。マルグリットは晴れ晴れとした表情で、腰のベルトから真新しい魔導金のプレートをぶら下げていた。高位ランク冒険者の証である。

アンジェリンはヤクモたちを見て目をぱちくりさせた。

「あれ、ヤクモさんとルシールも来てたんだ」

「仕事を貰いにな。その様子じゃと首尾よく昇格できたようじゃの」

「おう、ＡＡランクだぜ！」

マルグリットはそう言って、腰のプレートに手をやった。アンジェリンの口利きがあったとはいえ、一気にＡＡとは景気が良い。尤も、『大地のヘソ』のような所で戦えるマルグリットには、これくらいでなくては適正な評価とは言えないだろう。もっと高くてもいいくらいだが、元がＤランクというのも加味してこうなったのだろう。四人で仕事をするうちに、すぐにマルグリットのランクもアネッサたちに並ぶ筈だ。

ヤクモが煙管の灰を落として懐にしまった。

「さーて、儂らも仕事を貰いに行って来るかの。では、またな」

「うん、今度ご飯食べに行こうね……」

ヤクモとルシールが入って行くのを見送ると、アンジェリンはうんと伸びをした。

「いい天気……行こっか」

「そうだな。準備はできてるし」

「新生パーティの腕試しですにゃー、ふふ」

「よーし、頑張るぞう！」

マルグリットは目に見えて張り切っている。三人はくすくす笑いながら銘々の荷物を担ぎ直した。

一三五　すらりと抜かれた刀身が、陽の光を照り返して

すらりと抜かれた刀身が、陽の光を照り返して目に眩しく光った。

上体を軽く逸らして正眼に構えたサーシャの立ち姿は凛としていた。相対するベルグリフは深く息を吸うと、全身の力を抜いてサーシャを見据えた。

風が吹いている。髪の毛が揺れて、顔や首筋をくすぐるようだった。

つま先が地面を蹴る微かな音がしたと思ったら、サーシャが前に出た。

ベルグリフは剣を前に出し、サーシャの一撃を受け止める。しかしサーシャは深く踏み込まず、軽く距離を空けた。そうしてジッとベルグリフの出方を窺っている。

ベルグリフの方も前に押して反撃するような事はしない。初撃を退けると、距離を取ったサーシャの動きに合わせるように、剣先を小さく動かす。

しばしのにらみ合いの後、またサーシャの方が仕掛けた。直線ではなく、やや弧を描くように駆けてベルグリフの右側から切り込む。ベルグリフがそれを受け止めると、なんとサーシャは大跳躍してベルグリフを飛び越え、背後から剣を振り上げた。

だがベルグリフも左足で強く地面を蹴り、右の義足を軸に独楽《こま》のような敏捷な回転でサーシャの

方を向いた。

　上段から剣を振り下ろそうとしていたサーシャは、回転と共に横なぎに繰り出された剣に、慌てて後ろに飛び退った。そうして再び距離を取って睨み合っている。

　少し離れた所で眺めていたパーシヴァルが感心したように呟いた。

「中々良い動きするじゃねえか、あの姉ちゃんは」

「ＡＡＡランクらしいからね。基本の型に忠実だけど、たまにアドリブ効かせる辺り戦い慣れてるね。ベルにはちょいと厳しいかな？」

　隣に腰を下ろしているカシムが笑いながら言った。

「しかし守りに入ったベルは早々とは崩せんぞ……ベルが守り切るか、サーシャが攻め切るかどっちかな」

「へえ、色々言ってた割に評価高いね」

「俺たち四人の中じゃ一番弱いかも知れんが、あいつは守る事に重点を置きさえすれば、格上相手でもいくらか足止めできる。しかも図に乗って攻め込むような軽薄さはねえ。だから後ろを任せられるんだろうが」

「分かります。某もベル殿の守りを崩すのは難しいと考えます故」

　ダンカンもそう言って頷いた。

　しかしながら、この評価は必ずしも対人戦での実力を保証するものではない。ベルグリフの守りは堅いが、逆に言えば攻撃面ではそれほどでもないと言える。

パーティを組んで戦う場合は、守り切れさえすれば、より実力のある冒険者の応援が見込めるが、一対一の立ち合いではそうもいかない。要するに、ベルグリフの戦法は籠城戦に近いもので、外部からの力添えがあって、初めて十全の威力を発揮するようなものだ。

それでも、義足という体の特徴を利用した変則的な動きは、初対面の相手であればある程度の翻弄は可能だ。サーシャもそれで敗退した過去がある。

しかし、今回のサーシャは、彼女自身の地力が高まったのに加え、ベルグリフの戦い方も十分に心得ている。だから無暗《むやみ》に踏み込まず、カウンターを狙うベルグリフの意図をことごとく退けた。かつての猪突猛進な様子は鳴りをひそめ、その慎重さはおよそサーシャらしくなかった。これはベルグリフからの影響なのかも知れない。

両者は互いにけん制し合いながら幾度となく衝突を繰り返したが、ある瞬間、ベルグリフの剣が大振りに空を切った。パーシヴァルやグラハムといった実力者たちがぴくりと眉を動かす。

「――そこっ！」

この機会を逃さず、サーシャは素早く剣を翻し、ベルグリフの肩を打った。指先まで響いて来た衝撃に、ベルグリフは剣を取り落とす。

サーシャは剣を構えたまま、油断なく距離を取ってベルグリフを見据えた。

ベルグリフは膝を突いて、打たれた肩を手の平で撫でた。そうしてサーシャの方を見て微笑んだ。

「完敗です。お見事です、サーシャ殿」

サーシャはしばらく構えを崩さぬままじっと立っていたが、やがて剣先からぷるぷる震え出すと、全身から喜びを発散させて跳び上がった。

「やったぁ！　ついに……ついに師匠に一太刀当てる事ができた！　やったーっ！」

ぴょこぴょこ飛び跳ねるサーシャを見て、面白がった双子が一緒になって跳んでいる。そのまま地面に腰を下ろしたベルグリフに、サティが手ぬぐいを渡した。

「はい、お疲れ様」

「ああ、ありがとう……やれやれ、見事な太刀筋だ」

ベルグリフが汗を拭っていると、サーシャが駆けて来て手をがっちり握った。

「師匠、胸を貸していただきありがとうございます！　このサーシャ・ボルドー、おかげさまでまた一歩先へと進む事ができそうです！」

「そんな大げさな……あなたはとうに私など追い越していましたよ、サーシャ殿」

「何をおっしゃる！　師匠のおかげでわたしは自分の未熟さを思い知り、より精進する事ができたのです！　これを感謝せずしてどうしろというのですか！」

サーシャはそう言って握った手をぶんぶんと振った。

ベルグリフは苦笑を浮かべたが、何か言うのはやめた。言い訳をしても仕様がない。

ミトがやって来て、服の裾を握った。

「お父さん、負けちゃったの？」

「ああ。お父さんよりも強い人はいっぱいいいるんだぞ？」

「むう……」

ミトは何となく不満そうだったが、それ以上何か言う事はなかった。

カシムが大きく欠伸をして、それから立ち上がった。

「さーて、前哨戦はこれくらいでいいだろ。食休みも終わったし、ぼつぼつ本戦と行くぞー」

結界の張り直しが終わったのは昼を少し過ぎるくらいだった。それで先に昼食を取り、腹ごなしにとサーシャがベルグリフに手合わせを願って、そうして今に至る。

昼前までに仕事を一段落させて来たらしい村の若者たちも、見物をしに来たのか少しずつ集まって来ている。どういうつもりなのか武器を携えている者たちもいた。

パーシヴァルはぐるりと周りを見渡して、大声で言った。

「お前ら、今からお前らが見るのは冒険者っつうモンのある意味極だ。一生縁のない奴もいるが、それは構わん。いずれにせよ、こういう化け物と戦う可能性があるって事を頭に入れとけ」

そうしてグラハムと一緒に、結界の棒杭に囲まれた辺りに歩いて行った。若者たちは顔を見合わせて、ざわざわと何か話し合っていた。どうなるだろうとか、大げさだなとかいう声が聞こえた。

バーンズがリタと一緒にベルグリフの所にやって来た。

「ベルさん」

「おう、バーンズか。弓なんか持ってどうした?」

「いや、もし何かあったらと思って……」

ベルグリフはくつくつと笑った。

「用心深くて結構だな。だが今回は出番はないぞ」

「分かってるよ」

「わたしを守ってくれるんだよ。ね？」

リタがそう言った。バーンズは口をもぐもぐさせて頭を掻いた。サティが愉快そうに笑う。

「仲が良くていいなあ。バーンズ君、後ろにいなさいね。いざとなったらリタちゃんを一番に守ってあげなきゃ駄目だよ」

「は、はい」

何となく落ち着かない様子のバーンズの腕を、にんまり笑ったリタががっちり摑んだ。

サーシャとダンカンもそれぞれに武器を携えて、万が一に備えるように結界の方を注視している。

さっきと同じように、カシムの指示でシャルロッテが魔力を流す。髪の毛がつむじ風に巻かれたように暴れて、唇もくっと真一文字に結ばれていた。術式が強力になった分、魔力を流す負担も大きいのだろう。

しばらくすると、前のものよりも明らかに強力な光の膜がドーム状に棒杭の内側を覆った。分厚い硝子のようだった。

パーシヴァルは剣先で軽く結界を突いてにやりと笑った。

「これでいい。最初からこうしときゃいいものを」それからグラハムの方を向いた。「こっちはいいぞ」

「あいよ。シャル、ご苦労さん。危ないからベルたちんトコにいな」

「うん！」

シャルロッテはホッとしたように力を抜いて、ベルグリフたちの元に駆けて行った。カシムはひょいと結界の中に入り込むと、ひらひらと手を振った。

「よっしゃ、仕上げといこうぜじーちゃん」

グラハムは頷くと、懐から魔導球を取り出した。赤く光るそれは、内部で黒い雲が渦巻いているように見えた。

魔導球を載せた手を前に出すと、向かいに立ったカシムがその上に両手をかざし、詠唱を始めた。魔力が魔導球を中心に渦を巻いて、カシムやグラハムの髪の毛や服の裾を揺らす。次第に魔導球の赤い光が強まって来たと思ったら、魔導球がひとりでに浮き上がった。そうして、内側から滲むように黒い雲が溢れて、魔力の渦に巻かれるように結界の中を駆ける。

「……ッ！」

不意に幻肢痛が鎌首をもたげ、ベルグリフは顔をしかめて右の太ももを押さえた。それほど激しい痛みではないが、気持ちのいいものではない。

サティが心配そうにベルグリフの肩に手をやった。

「ベル君、大丈夫？」

「ああ、大丈夫だ……子供たちを見てやっててくれ」

「ん……無理しちゃ駄目だよ？」

ミトは首から下がったペンダントを握りしめていた。真剣な表情で結界を見つめている。ずっとはしゃいでいた双子も、何やらおびえた様子で手をつなぎ、サティの傍に寄り添っていた。

何か見覚えがある、とベルグリフは目を細めて黒い雲を眺めた。もう随分前だが、ボルドーの屋敷でこんなものと相対したような記憶がある。ちらと目をやると、シャルロッテも驚いたように目を見開いていた。

魔導球から吹き出した黒い雲は勢いを弱める気配も見せなかったが、やがて一所に集まって、何やら形を作り始めた。子供のような黒い影が幾つも空中を跳ね回ったと思ったら、不意にけたたましい笑い声が聞こえて来た。しかしそれは楽し気な笑い声というのではない。相手を蔑み嘲笑うような響きを持った笑いである。

見物に集まっていた若者たちがどよめいた。蒼白になっている者もある。見た目には龍のような恐ろしさはないものの、あの影法師たちが放つ異様で不気味な雰囲気を感じ取ったのだろう。

結界の中で突然稲光のような閃光がほとばしった。グラハムが聖剣を振り下ろしたのだ。魔力をまとった剣撃は衝撃の波となって、周囲を取り巻いていた影法師たちを砕いた。しかし砕かれた影法師は再び黒い煙となって宙を渦巻いたかと思うと、別の場所でまた人の形になって、不愉快な笑い声を上げた。

だが、それも次の瞬間には縦に真二つになっていた。一太刀で影法師を両断したパーシヴァルは、返す刀でさらにもう一体を斬り払い、次いで横なぎに振るってまとめて三体を斬り倒した。

いくつもの剣撃が舞い、魔法が飛び散らかった。

影法師は次々に切り伏せられ、砕かれたが、また煙に戻ると、別の場所で人型になってグラハムたちに襲い掛かる。切りがないように思われた。

「べ、ベルさん、大丈夫なのかな、三人とも……」

バーンズがはらはらしたような声で言った。

ベルグリフは幻肢痛の疼く右の太ももを押さえながらも、安心させるようにバーンズに笑いかけた。

「あの三人は大丈夫だ。どのみち、俺たちじゃ助けにもならんさ」

実際そうだった。

パーシヴァルは中年を越したとは思えぬ身のこなしで結界の中を駆け回り、対照的にグラハムは無駄のない小さな動きで敵を粉砕する。カシムも魔法を自在に操って敵を近づけない。

村の若者たちはもちろん、ベルグリフにも手が出せない。ダンカンもそうだし、サーシャもまだ一歩及ばないだろう。パーシヴァルが言ったように、確かにこれは冒険者の一つの極かも知れない。しかし、あの中にアンジェリンが交ざるというのは容易に想像できるのが、ベルグリフには何だか可笑しかった。

戦いは果てしなく続くようにも思われたが、三人が影法師を倒すほどに、結界の中で渦巻く黒い雲の量が減っているように見えた。

「……煙自体が魔力の塊みたいだね」

サティが言った。ダンカンが頷く。

「そうですな。おそらく人型を取るのにも魔力を消費するのでしょう。少しずつではありますが、確実に力を削いで行っているのは間違いござらぬ」

「それにしても凄まじい……これがSランク冒険者の本気なのですね」

サーシャが驚愕と感嘆の入り混じった声で言った。

煙が薄くなるほどに幻肢痛も薄らいで行くので、ベルグリフは怪訝そうに目を細めて、義足の右足を見た。それから戦いの場に目を移し、ぽつりと呟いた。

「……あれは、やはり魔王だったんだろうか」

やがて黒い煙がすっかり晴れ、グラハムの一振りが残った影法師たちを残らず消し飛ばした。

笑い声は掻き消えて、背筋を撫でるようだった冷たい緊張感もなくなった。息を呑むようにしていた若者たちもざわつき始める。幻肢痛もすっかりなくなった。

結界が解けて、ざあと音を立てて風が吹き上がって来た。結界の張ってあった辺りだけ、嵐が来たように地面がめちゃくちゃになっている。かなりの激戦だったようだが、遠目に見る三人は別段怪我をしている様子もなかった。

「終わりだね」

サティが双子を抱えて立ち上がった。怯えたような様子だったハルとマルも、辺りの雰囲気が変わった事で気が晴れたらしく、丸い目をぱちくりさせてサティの服を握りしめて興奮したように囁き交わした。

「すごかったね」

「じいじもパーシーもすごいね」

バーンズがショックを受けたように大きく息をついた。

「やべえ……俺、冒険者やれる気がしないかも」

ベルグリフはくつくつと笑った。

「あれは別格だよ。あんな相手はそうそう出会わない……絶対じゃないけどね」

「脅かさないでよ、ベルさん……」

ダンカンが笑いながら戦斧にもたれた。

「いやはや、結局某らの出番はありませんでしたな。まあ、出番がある状況になってはまずかったでしょうが」

「しかし少しあれらと手合わせしてみたかったような気も……むむう」

サーシャは複雑そうな顔をして腕を組んだ。

周囲がそんな風に勝利の喜びに沸き立つ中、ミトは唇を結んだままじっと前を見ていた。首に下げたペンダントを、手が白くなるくらい握りしめている。あの異様な影法師が自分の魔力を元に生まれて来たという事実に、幼いながら何かしら感じるものがあるらしかった。

ベルグリフはそっとミトの頭に手をやって、優しく撫でた。

「大丈夫だよ」

「……うん」

ミトはベルグリフを見上げて小さく笑うと、「じいじ、お疲れさま！」と、こちらにやって来るグラハムたちの方に駆けて行った。

○

マルグリットを加えた新生アンジェリンチームは、無事に初仕事を終えた。しかし元より前回の旅路で共闘を続けていた仲なので、今更チームワークがどうこうという風でもなかった。それでも、ベルグリフもカシムもいない四人だけの戦いというのは初めてだから、そういった意味では新鮮であった。

ベルグリフという強力な歯止めがなくなったからか、実力伯仲でどちらも我の強いアンジェリンとマルグリットは、本人たちも意図しないまま互いに張り合うような場面が多く、以前にも増して事あるごとに言い合ったり、じゃれるように小突き合ったりした。一応の調停役であるアネッサは、二人を押し留めつつも、やっぱりベルグリフは偉大だと思ったものである。

さて、ともあれ初仕事を終えて、次の仕事をしようという段になったが、変異種の調査だの災害級の討伐だのといった仕事はいつでもあるわけではない。魔王騒ぎの時は本当の異常事態だったのである。

だから今度はダンジョンに、何か素材の収集にでも赴こうかと計画している。

ギルドに持ち込まれる依頼の他にも、ダンジョンから産出する種々の素材はギルドが買い取ってくれるのだ。まして今のオルフェンは独立ギルドになってから商会と提携して素材の流通網を強化している。持って行けば持って行った分だけ売れるだろう。

それでギルドに行って、ダンジョンの資料を借り受けて、広げて見ながらあれこれと相談していると、見覚えのある大柄な影がロビーを横切って来た。ミリアムが「げ」と言った。

「あ、マリアばあちゃん」

アンジェリンが言うと、マリアは相変わらずの不機嫌そうな目つきでアンジェリンたちを見返した。

「ああ、帰ってたのか……げほっ」

「久しぶり。元気だった、ばあちゃん？」

「これが元気に見えるのか、テメエは。馬鹿。げーっほげほ！　チッ……」

「辛いんだ。やーい、ザマ見ろー」

ミリアムがマリアを指さしてけらけら笑った。

「うるせえんだよ！　少しは師匠を労わりやがれ！」

「ふんだ！　具合が悪い癖にこんなトコにのこのこ出てくるのが馬鹿なんだよう！」

ミリアムがそう言ってあっかんべーと舌を出すと、マリアは眉を吊り上げた。

「口の減らねえクソ猫が……あたしだってこんな所に好きこのんで出て来るわけがねえだろう！こっちは機嫌が悪《わ》りぃんだよ！」

そう言うや手を伸ばしてミリアムの頭を帽子ごと引っ摑んでぐいぐいとこねくり回した。ミリアムは「ぎゃー」と言って威嚇するように唸りながらマリアに摑みかかった。

「乱暴な妖怪ババアめ！」

「師匠を敬わねえ駄猫が！」

もたもたと揉み合う二人を見て、アネッサが呆れたように嘆息した。

「顔合わす度に喧嘩するんだから……あーもー、いい加減にしないと皆見てるって。ほら、マリアさんも落ち着かないと咳が……」

マルグリットがにやにやしながら椅子にもたれた。

「仲良いよなー、あいつら」

「だね……」

アンジェリンもくすくす笑った。

ようやっと息切れした二人が引き離されて、マリアは口元を袖で押さえて盛大に咳をした。

「げほっ！　げーっほげっほ！　ごほっ……くそ、忌々しい……」

「ぐぐ……なんで無駄に力強いんだよ、このババア……」

ミリアムはくしゃくしゃになった髪の毛を手早く手櫛で整えると、帽子を深くかぶった。アネッサはマリアの背中をさすっている。

アンジェリンは広げていたダンジョンの資料をまとめてとんとんと揃えた。

「ばあちゃん、何しに来たの？　ギルドに頼み事？」

「難しい依頼ならおれたちが受けてやるぜー」

マルグリットがそう言うと、マリアはふんと鼻を鳴らした。

「生憎と頼まれてんのはこっちだ。筋肉馬鹿の腰の薬を持って来たんだよ」

「マッスル将軍の……？」

チェボルグが腰を悪くして寝込んでいるという話はアンジェリンたちも知っている。ドルトスから聞いた日、その足で見舞いに行った。

身じろぎするだけで医務室のベッドが悲鳴を上げるくらいに大柄なチェボルグは、見た目にはとても具合が悪いようには見えなかったが、いつもの調子の大声で何か言うと、それで腰に響いて痛いらしく、「がっはっはっは！　痛てぇ!!」と笑っていた。

「元気そうだったけど……そんなに悪いの？」

「知るかよ。あいつがどうなろうがあたしの知ったこっちゃねえ」

「そんな事言いながら、ちゃんと薬持って来てやるんだな」とマルグリットが言った。

「うるせえ。チッ、若い連中は礼儀ってもんが……ごほっ」

アンジェリンはパーティメンバーたちを見回して言った。

「ねえ、もっかいお見舞い行かない？　将軍も暇だと思う……」

「うん、いいんじゃないか？」

「よっしゃ、行こ行こ」

マルグリットが勢いよく立ち上がって、医務室の方に歩いて行った。アネッサとミリアムが苦笑しながらその後を追う。

呆れたように嘆息するマリアに並んで歩きながら、アンジェリンはそっと囁いた。

「ばあちゃん、魔王の研究、進んでる……？」

「あ……？　ああ、少しずつはな。だが材料が少な過ぎるんだよ」

「……わたしも魔王なんだよ？」

「は？」

怪訝そうな顔をするマリアを見て、アンジェリンはくふふと笑った。

「ばあちゃんだから教えてあげるの……」

「何トチ狂った事言ってやがる……」

「本当なの。わたしのお母さんはエルフでね」

「げほっ……じゃあ何でお前は人間なんだ」

「……それは分かんないけど、そうなの」

「要領の摑めねえ事を……」

「お父さんとお母さんなら上手く説明してくれる……ばあちゃん、トルネラにおいで……」

「それが目的か、このガキ……お前の母親になるのはまっぴら御免だって言ってんだろうが」

アンジェリンはぷうと頰を膨らました。

「誰もそんな話はしていない……わたしにはもうお母さんはいるの。お母さんは可愛いんだぞ。瞳がエメラルド色で、背の高さだってわたしとそう変わらないんだ。甘えるとよしよしって撫でてくれて、この前はこっちにお父さん、こっちにお母さんって両手をつないで一緒に散歩したし……」

「何の話だ、この馬鹿。げほっ、げほっ！」

そんな事をしているうちに医務室に着いた。チェボルグは一番奥のベッドにいた。上体を起こし、背中を壁にもたれている。いつもの着古した軍服ではなくゆったりした服を着ており、軍帽もかぶらずにつるつるの禿げ頭をむき出しにしている。加えてアンジェリンが驚いたのは眼鏡をかけている事だった。それで何やら手紙を読んでいるらしかった。

先に行ったマルグリットたちが近づくと、チェボルグは顔を上げて眼鏡を取った。

「おう、なんだよ！　また来てくれたのかよ！　がっはっはっは！　痛てえ！」

「なんだよ、まだ痛てーのかよ。だらしねーぞ将軍」

「まったくだらしねえ話だがよ！　俺も寄る年波には勝てそうもないじゃないの!!」

アンジェリンはひょいとマルグリットの後ろから顔を出した。

「マッスル将軍、何読んでるの……？　お手紙？」

「えっ!?　何!?　アンジェ、何か言ったかよ!?」

「何読んでるのー！」

アンジェリンが大声で言うと、チェボルグはげらげら笑いながら手紙をひらひらと振った。

「おう、それがよ！　曽孫が手紙くれたんだよな！　じいじ早く元気になってねってよ！　もう感動して涙がちょちょぎれそうじゃないの!!」

しかし目元には涙の気配すらない。アネッサとミリアムが顔を見合わせてくすくす笑った。

「元気そうですね」

「ホントに腰が悪いんですかー？」

「悪いんだよ、これがよ！　俺もよく分かんねえんだけどよ!!　痛てえんだよな！」

その時、マリアがうんざりした表情で少女たちを押し分けて前に出た。

「少し静かにしやがれ。テメエの喚き声は頭に響くんだよ」

「えっ!?　何!?　マリア、何か言ったかよ!?」

「黙れっつったんだよ！　このまま薬くたばっちまえばいいものを……おら、薬だ」

「おお、悪りいなマリアよ！　ギルドの霊薬の効きが悪いんだよな！」

そう言って受け取った薬瓶の蓋を開けたチェボルグの仕草を見て、マリアはハッとしたように制止した。

「この馬鹿、それは飲み薬じゃねえ！　腰に塗るんだよ！　げほっ、げほっ！」

「なんだそうかよ！　もっと早く言えっつーの!!　塗ってくれ！」

「ごほっ……乙女にそんな事を頼むんじゃねえ。自分でやれ」

「マッスル将軍、わたしが塗ったげる……」

アンジェリンは医務室の備品から湿布を貰うと、そこに薬を塗布して、うつ伏せに寝たチェボルグの腰に貼ってやった。貼られるとチェボルグは「うおお」と言った。

「ひんやりしてて、こいつは効きそうな感じじゃないの！」

「感じじゃねえ、効くんだよ。後は騒がねえで大人しく寝てろ」

「ありがとよマリア！　お前の仮病も早く治りゃいいのによ!!」

「仮病じゃねえっつってんだろうが!!　ぶっ殺すぞ！　げほっ！　げーっほげっほ！」

盛大にむせ返ったマリアの背中を、アネッサが慌ててさすってやる。ミリアムとマルグリットがけらけらと笑い、アンジェリンは薬瓶を閉めて枕元に置いた。

「……医務室で大騒ぎしておる馬鹿は誰であるか」

呆れたような声がしたと思ったら、ドルトスがやって来た。

「やれやれ、随分賑やかであるな。しかしここは酒場ではないぞ」

「がっはっは！　マリアが来ると賑やかになっちまうんだよな！」

「あたしは関係ねえだろうが！」

「いーや、このババアはうるさいよねー」とミリアムが言った。

「コンのクソガキ……」

「どっちもどっちであるな……」

ドルトスはやれやれといったように頭を振った。アンジェリンはくすくす笑った。

「しろがねのおっちゃんもお見舞い……？」

「見舞い、というよりは差し入れである。もう昼時であるからな」

ドルトスはそう言って手に持っていた籠をベッドの上に置いた。ランチボックスらしかった。チェボルグは別に腰以外に悪い所はなく、食事などで養生をする必要はないようだ。

そういえば、確かに丁度昼時だったなとアンジェリンも腹に手をやった。程よい空腹感があるように思った。

「……わたしたちもお昼食べに行こっか」

「そだねー。お腹空いたー」

アンジェリンはチェボルグの方を向いた。

「じゃあ、行くね。マッスル将軍、お大事にね……また来るね」

「おう、いつでも来いよ‼　俺はよ！　暇だからよ！」

結局最後まで病人に見えなかったチェボルグたちと別れ、アンジェリンたちはギルドを出た。

春の暖かな陽が燦々と降り注いで、足元に舞う土埃が嫌にはっきりと見えた。

一三六　抜けるように空が青かった。

抜けるように空が青かった。ぐるりと顔を動かしても、小さな雲一つ見当たらない。あんまり青いせいで、空そのものも、空を下から支えている山の稜線も、何だか作りもののように見えた。

七歳のアンジェリンは、ベルグリフの背中でもそもそと身じろぎした。

「お父さん、もういい。あるく……」

「ん？　そうかい？」

ベルグリフはそっと膝を折ると、アンジェリンを背中から降ろした。ずっとおんぶされていたから、足の感覚がちょっとちぐはぐだった。けれど何度か空中を蹴るとそれも治まった。

「大丈夫か？」

ベルグリフは体をかがめて、そっとアンジェリンの額に手を置いた。目は少し熱っぽく潤んでいるけれど、額は熱くない。足取りもしっかりしている。

若草が風に揺れていた。村中の羊が放たれて草を食んでいるのに、ちっとも少なくなったように見えない。草の間のそこかしこに青い岩が顔を覗かせて、それが陽の光を照り返して光っている。

アンジェリンはベルグリフの手を握った。剣と鍬とを握り続けて来た父の手の平は、ごつごつとして大きかった。アンジェリンはこの手が好きだった。手をつなぐのも、頭を撫でてもらうのも嬉しかった。

昨日から熱を出して寝込んでいたアンジェリンだったが、今朝になって熱が引き、外の空気が吸いたいとねだって、ベルグリフに連れて来てもらったのだ。

両足をしっかと踏みしめたアンジェリンは、両腕を広げて大きく息を吸った。まだ夏というには早すぎる春の空気は、彼女の胸に詰まった良くないものを洗い流してくれるようだった。

冬の間切らずに伸ばしていた髪の毛が、首筋を柔らかく撫でた。アンジェリンは草の上に座り込むと、後ろ手を突いて空を見上げた。どこまでも青く、果てがないようにも見えたし、どこかで青い膜が張っているという風にも見えた。

「何が見える？」

隣に腰を下ろしたベルグリフが優し気に尋ねた。アンジェリンは父親に寄り掛かって目を瞬かせた。

「空って、どこからが空……？」

「そうだなあ……」

ベルグリフも同じように空中に目をやって、考えるように顎鬚を撫でた。

「今、お父さんとアンジェがいる所は、空かな？」

「ちがう……と思う」

「じゃあ木に登った時はどうだろう」

「それもちがう」

「鳥が飛んでいるのは空かな？」

「それは……うん」

ベルグリフは地面の石を拾い上げて、ぽんと高く放った。石は放物線を描いて、向こうの草の中に落ちた。

「今、石が飛んで行ったのは空？」

「たぶん……」

「つまり……地面から浮いていれば、そこが空って事かな？」

「んー……そうなのかなあ？」

「ふーむ」

ベルグリフはしばらく面白そうな顔をしていたが、やにわにアンジェリンを抱き上げると、両手で高く掲げ持った。

「ひゃわっ」

「それじゃあ、アンジェが今いるのは空だな。飛んでるぞ！」

そう言って、ベルグリフは駆け出した。アンジェリンは両手足を広げてきゃあきゃあと嬉しそうに悲鳴を上げる。

だが、義足が石を踏んづけたらしい、右足がバランスを崩した。しかしベルグリフは慣れたもので、アンジェリンを腹の方に抱え、背中から受け身を取るように転げた。

ビックリしたアンジェリンは顔を上げてベルグリフを見た。

ベルグリフは仰向けに転がったまま空を眺めていたが、やがてアンジェリンの方を見て照れ臭そうに笑った。

「……はは、盛大に転んじゃったな」

「ぷふっ！」

アンジェリンが吹き出すのと同時に笑いが起こり、父娘は地面に転がったまま大声で笑った。こんなに大きな声なのに、響くというよりは空に吸い込まれてしまうような感じだ。

すると、不意に甲高い鳴き声が聞こえて、近くから雲雀《ひばり》が空へと舞い上がった。

アンジェリンは「あっ」と言って上体を起こした。しかし雲雀はもう黒い点になって、見えなくなった。

雲雀を目で追っていたアンジェリンだが、ふと思い出したようにお腹を手で押さえた。寝込んでいた時には感じなかった空腹感が、腹の底をぎゅうと掴んだ。

「おなかすいた！」

「おっ、そうか。帰ろうか」

「うん！」

二人は立ち上がると、手をつないで村へと戻って行った。空は抜けるように青い。

○

「ぎゃー、やめろやめろ！　引っ張るんじゃねえ！」

逃げ回るマルグリットを、子供たち、特に男の子たちが歓声を上げながら追っかけている。マルグリットの羽織っている毛皮のカーディガンや腰のベルトを遠慮なく引っ張ったり、くすぐったりして、子供たちははしゃいでいるのである。

子供相手だから強硬にもなれず、どうしていいか分からずにあたふたしているマルグリットを見て、アンジェリンたちはけらけら笑った。

「マリー、頑張れ……」

「ほらほらー、ちゃんと逃げないと追いつかれるぞー」

「お前ら他人事だと思いやがって！　うわっ、腋はやめろ腋は！　ひゃああ！」

脇腹をくすぐられてマルグリットは身悶えした。

アンジェリンたちの周りには女の子たちが集まっていた。注目の的はミリアムの猫耳である。

「ミリィお姉ちゃんの耳、いいなあ」

「もこもこだね。知らなかった」

「そうでしょ？　ほらほら、触っていいぞー」

ミリアムはそう言って頭をかがめた。女の子たちが代わる代わるに手を出して、「おぉー」と感嘆の声を上げている。

ちょっと意地の悪そうな女の子がふんと鼻を鳴らした。

「でも猫の耳なんて変じゃない？」

「変？　なんで？」

「だって人間の顔なのに……」

「ふふん、わたしには大事な自分の耳なんだよー。それにほら、こんなに動かせるの。君は自分の耳を動かせますかにゃー？」

ミリアムはそう言って猫耳をぴこぴこ動かした。女の子は目を真ん丸にした。触りたそうにうずうずしている。

「う、動かせない、けど……」

「ふふふ、触りたいんでしょー？　いいよ」

「う……じゃ、じゃあ……」

それで耳を触って、その手触りの良さに頬を染めている。

「ふかふかしてる……」

「んふふ。でもね、他は全部おんなじだよ。ご飯も食べるし、夜は寝る。おんなじ人間。あなたと同じで、赤い血が流れてるんだ」

「うん……」

女の子はもじもじしながら、小さく「変って言ってごめんなさい」と言った。

その光景を、アンジェリンとアネッサはちょっと感慨深い気分で眺めた。昔のミリアムは、こうやって子供に耳を触らせる事はおろか、見せる事も嫌がっていたものだ。今のように変などと言われる事に異様な恐怖感を持っていたように思う。

「……ミリィも変わったな」

「うん。良い方に変わった……」

「へへ……ベルさんの……トルネラの人たちのおかげかな」

長く姉貴分だったアネッサは、ミリアムのこの変化が嬉しくて仕様がないらしかった。

教会孤児院に来ていた。オルフェンに戻ってからしばらくは精力的に仕事をしていたが、今日は休みを取ったのである。それでご無沙汰していた教会孤児院に遊びに行って、春先の畑を手伝ったりして過ごしていた。今は畑仕事を一段落させてのんびりしている最中である。マルグリットはのんびりする暇はなさそうだが。

「こらこら、あんまり調子に乗っちゃ駄目だぞ！　ほら、アンジェお姉ちゃんたちがお菓子を持って来てくれたから集合！」

お菓子を載せたお盆を持ったシスターのロゼッタがやって来て、子供たちに言った。すると子供たちはわっとマルグリットから離れ、ロゼッタに殺到した。

「おっと！　こら、慌てない！　お姉ちゃんたちにちゃんとお礼言いなさい！」

ロゼッタは慣れたもので、手を伸ばして来る子供たちを簡単にあしらってお盆を守った。子供たちは口々に「ありがとう、お姉ちゃん」とアンジェリンたちに礼を言った。

ようやく解放されたマルグリットがふらふらと歩いて来て、恨みがましい目でアンジェリンたちを見た。

「よくも見捨ててくれたな」

「修行が足りない……」

「誰でも通る道なんだよ、これ」

アネッサがくすくす笑いながら言った。

元気の有り余っている子供たちは、全力で遊べる相手に飢えている。若い冒険者などは格好の遊び相手だ。孤児院を出てからのアネッサもミリアムも、もちろんアンジェリンだって、ああやって子供たちにまとわりつかれた。子供の底なしの元気の良さというのは、高位ランクの冒険者でも及び腰になるものである。

マルグリットは大きく息をついて、子供たちをものともしないロゼッタを尊敬のまなざしで見た。

「すげーな……あいつら、高位ランク魔獣より厄介だぜ」

「倒せないもんね……」とアンジェリンも頷く。

「子供と魔獣を並べるなよ……」

アネッサが苦笑交じりに言った。

子供に菓子を配り終えたロゼッタがやって来た。

「いやはや、悪いね、マリー。くたびれたでしょ？」

「まーな。ロゼッタ、すげえな。どうやったらあんな風にあしらえるんだ？」

「慣れだよ。あんまり力んでも駄目だし……それにわたしは子供たちが好きだからね」

結局それが一番大事なのだろうな、とアンジェリンは思った。そういえば、グラハムもトルネラでは子供たちにまとわりつかれていたが、ちっともくたびれた様子はなかった。彼の場合はそもそも体が頑健なのもあるだろうけれど、やはり子供が好きだから苦にならないのだろう。

ロゼッタは僧帽をかぶり直した。

「ベルグリフさんやシャルは元気？　ビャクは相変わらずツンツンしてる？」

「うん。でもビャックくんも丸くなったよ……ね？」

「そうそう。意外に家事が上手なんだよー」

「色んな事があるもんだね……ミリィ、帽子はかぶらなくなったのかい？」

ずっと気になっていたけど、というような口調でロゼッタが言った。

「そうだよー」

ミリアムはそう言って耳をぴこぴこと動かした。町を歩いて来る最中にはかぶっていた帽子を、畑仕事には邪魔だと脱いで、そのままにしている。

アネッサが嬉し気な口調で言った。

「こいつ、トルネラじゃずっと帽子脱ぎっぱなしだったんだよ。さっきも子供たちに耳触らせてたし」

「ええ、本当!?　うわあ、それはよかったなあ……」

「な、なんだよう、大げさだよ二人とも……」

ミリアムはもじもじと手を揉み合わせた。ロゼッタは嬉しそうな顔をしている。彼女も昔のミリアムを知っている身として、色々と思うところがあるのだろう。

アンジェリンたちはトルネラでの思い出話や、ベルグリフたちがオルフェンにいた時の話で盛り上がった。話してみると、それも随分昔の事のようにも感じた。改めて言葉にしてみると、色々な事があったと思う。

トルネラのダンジョンの事や、それに伴うベルグリフのギルドマスターの話などは、もちろんロゼッタを驚かせたが、彼女は何となく納得したような顔もしていた。

「ベルグリフさんがねえ……でも似合う感じがするなあ。頼りになるもんね」

「でしょ……？　ふふ」

自分の思った通りに父親の評判が高まっているから、アンジェリンはご満悦である。ロゼッタはくすくす笑った。

「トルネラって良い所なんだね。アンジェの誘いに乗ってベルグリフさんのお嫁さんになっておけばよかったかなあ？」

「む、むう……しかしもうお母さんいるし……」

「なに本気にしてるの、冗談に決まってるでしょ」

とロゼッタは笑いながらアンジェリンを小突いた。ミリアムが伸びをした。

「でも結婚抜きにトルネラに遊びに行くのもいいかもよー」

「秋にまた帰るの。一緒に行く……？」

「行きたいけどね、わたしはここも大事だし、子供たちを放っては行けないかなあ」

「なんだよ詰まんねーな。てかベル相手じゃなくても浮いた話とかないのかよ」

マルグリットが頭の後ろで手を組みながら言った。ロゼッタは口を尖らした。

「何言ってんだい、馬鹿だねえ。わたしの事はいいんだよ。そっちこそ、そういう話はないの？

わたしよりも若いじゃないか」

「いや、まあ」

「お父さんと比べると見劣りしちゃうの……」

アンジェリンが言うと、ロゼッタは呆れたように肩をすくめた。

「そりゃそうかも知れないけど、アンジェは恋人にもベルグリフさんみたいに甘えたいのかい？

わたしゃ逆に、アンジェは男を引っ張るタイプだと思うんだけどね」

「そうかな……そうかな？」

「いや、なんでわたしを見るんだよ」

アネッサが困ったように眉をひそめた。ミリアムが面白そうな顔をして足をぱたぱた動かした。

「好みの男のタイプって事じゃない？　アンジェは甘えるのはベルさんにしてるから、恋人には逆に守ってあげたくなるタイプが好きだったりしてー」

「そんなカッコ悪い男やだ」

とアンジェリンが頬を膨らますと、マルグリットが頷いた。

「だよな！　せめて自分より強くないと駄目だよな！」

「それ滅茶苦茶ハードル高いぞ……」

Sランク冒険者に勝てというのは中々無理筋な話である。ロゼッタが「いやいや」と言った。

「分からないものだよ、そういうのは。そりゃ強い男にキュンと来るのも分かるけど、こう、母性をくすぐられる男っていうのもいると思うよ」

「ぼ、母性……！」

アンジェリンはごくりと喉を鳴らした。わたしがお母さんになるのか、と思った。そうしてそっと胸元に手をやった。

「……母性は物理ではないよね、ロゼッタさん」

「何の話？」

ロゼッタはきょとんとしている。他の三人はくすくす笑っているが、アンジェリンの表情は真面目そのものである。

自分も女である以上、いずれ母親になる可能性は否めない。ベルグリフとサティの娘なのだから、自分だってきっと素敵なお母さんになれるだろうという漠然とした期待感はある。子供は好きだし、家事だって得意だ。

しかし一向に肉付きを増さぬ胸の双丘に焦っていた。別に色気が欲しいという思いだけではなくて、赤ん坊ができたらどうしようと思っているのである。

赤ん坊は乳を飲んで育つ。アンジェリンは母親がいなかったから山羊乳で育ったけれど、村の赤ん坊が母親から乳を貰うのを見ているから、そういうものだというのは知っている。山羊乳もいいけれど、ああやって母親の温もりを感じられるのはいいな、とアンジェリンは思っていたものだ。

しかしこんなペタンコな胸で乳が生成できるのか、とアンジェリンは不安に思っている。赤ん坊に吸われたら平面を通り越して窪むのではないかと危惧している。そもそも満足に乳をやる事ができるか、という心配すらある。

要するにアンジェリンは、あの大きな胸は乳がたっぷり詰まって大きいのだと思っているのであった。

アンジェリンは自分の胸をぺたりぺたりと撫でながら呟いた。

「……やっぱり物理的な面もあるのかな」

「だから何の話？」

一人で納得しているアンジェリンをよそに、ロゼッタはやっぱりきょとんとしていた。実際のところ、胸の大きさと乳の生産量に因果関係はないのだが、アンジェリンがそんな事を知っている筈もなかった。

そんなことをしながらのんびりと過ごし、陽が傾いて影が長くなり出した頃に孤児院を出た。歩きながら、アンジェリンは大きく伸びをした。

「はあ……なんか眠い」

「お昼寝日和だったもんねー」

暑くも寒くもない、いい天気だった。陽が暮れればまだ寒いけれど、昼間の陽光が柔らかいのは心地よかった。

孤児院の近くには市場がある。丁度人の多い時間帯で、沢山の露店の間を色んな人が行き交ってごった返していた。こんなに大勢の人がいて、それぞれが別々の人生を送っているのだと考えると、アンジェリンは何だか不思議な気分になるのだった。

夕飯の買い物をして行こうかな、とアネッサが言った。

「アンジェ、夕飯食べに来ないか？」

「ん……いや、今日は早寝したい気分だから、帰る」

「そっか」

「確かに、ご飯食べてからいつも夜更かししちゃうもんねー」

「でも出来合いのもの買って帰るから、買い物はする……」

「なんか今日は店多いな。あ、なんかあっちからいい匂いするぞ！」

「ちょっ、マリー、一人で行くな！　絶対迷子になるぞ！」

人ごみを縫って行く迷子常習犯のマルグリットを、アネッサが慌てて追いかけた。アンジェリンとミリアムもその後を早足で付いて行く。

すれ違う人は色んなのがいる。少し先の露店で、マルグリットが魚の揚げ物が音を立てているのを眺めていた。うまそうだから、買って帰ろうかとアンジェリンは思いつつ、大きく欠伸をした。

ふと空を見上げる。暮れかけた空が輝いていた。

トルネラでも、同じ空を見ているのかな、とアンジェリンは思った。

○

村は静かだった。人が沢山いるのに、皆黙って立っている。帽子をかぶっている者は脱いで手に持ち、何となく神妙な面持ちである。

ベルグリフたちはそんな集団の少し後ろの方にいた。

前の方ではモーリス神父が葬送の祈りを上げている。村人たちは神妙な顔をして、帽子を手に持ったり、手を合わせたりして立っている。

隣に立ったパーシヴァルが何となく片付かない顔をして、そっとベルグリフに囁いた。

「こういう場は苦手だ」

「オイラも」とカシムが同調した。

「少しくらい辛抱しなって」

ベルグリフは苦笑交じりに小さく言った。パーシヴァルは腕組みしたまま、体重をかける足を逆にして嘆息した。カシムは鬚を撫でる。

「でも、悪くないね」

「ああ、悪くない」

パーシヴァルも頷いた。

今日は葬式だった。トルネラの老人が一人死んだのだ。大往生と言っていい歳だったが、人が死ぬのはやっぱり寂しいので、何となく村全体が静かな雰囲気になっていた。

教会で祈りをささげた後、遺体の納められた棺を北の墓場に運んで来た。そうして最後に神父が改めて魂の無事と主神の加護を祈り、棺を埋めるのである。

ベルグリフは墓地を見回した。南向きに開かれた日当たりの良い所で、沢山の墓石が並んでいるが、もうそこに眠る者が誰の記憶にも残っていない墓も多い。しかし祖先の霊を大事にするトルネラでは、墓地はこまめに掃除されて、いつも小奇麗だった。

ここには何度も来ている。ベルグリフの両親もここに眠っていて、年に数回、墓参りを兼ねて掃除をする。アンジェリンが小さな時も一緒に来た。会った事のないおじいちゃんとおばあちゃんに、真面目な顔をして手を合わせていたのが思い出された。

神父の祈りが終わり、棺が穴に入れられた。スコップを持った若者衆が上から土をかけて埋めて行く。死者の近親者がすすり泣く声が聞こえた。

やがてすっかり埋め終わると、村人たちは三々五々村に戻り始めた。終わってしまえば、皆緊張が解けたように普通の顔をしている。事故や病気で死んだのではないから、寂しくはあれど、悲嘆に暮れるような事もなさそうだった。

シャルロッテが目をぱちくりさせて、ベルグリフの服の裾を握った。

「……なんだか不思議ね。お葬式なのに、悲しくてどうしようもないって感じじゃなくて」

「これが病気や怪我で死んだとしたら、もっと悲しいけどね、オルクじいさんは病気も怪我もなくて静かに死んだらしいから」

「羨ましいな。って言ったら悪いかな」

サティが苦笑交じりに呟いた。ベルグリフは微笑んで、サティの肩をぽんぽんと叩いた。

ぞろぞろと村に戻る最中、自然とベルグリフたち同世代が一緒になって、死んだ老人の事を話した。ケリーが頭を掻きながら言った。

「オルクじいさんもいよいよ主神の元に召されちまったか。寂しくなるな」

「まあ、最後まで元気だったんだからいいじゃないさ。体は弱ってたけど、心はしっかりしてたよ。じいさんも湿っぽく送られるのは嫌じゃないかな」

村の薬師のアトラが言った。ベルグリフは顎鬚を撫でる。

「看取ったんだろう？　最期はどんなだった？」

「息子に支えられて外に出てね、庭先の椅子に腰かけたよ。しばらく庭からの景色を見て、林檎酒を一口だけ飲んだ。それで『これでいい。もう死ぬ』って言って、ホントに死んじゃった。自分の死に時が分かってたんだね」

「そういう人だったな、オルク爺は」

「ガキの頃に怒られた事を思い出すなあ。林檎酒を盗み飲みしてよ、ガキにはまだ早いって拳骨を食らったぜ」

「俺なんかいい歳になってからも怒られたぜ」

「いつもしかめっ面の怖いジジイだったが、不思議と子供に好かれたもんな。俺も怒られまくったけど、オルク爺の事は好きだったよ」

「畑の耕し方を教わったもんだ。鍬の持ち方から」

「ああ、鍬の使い方が本当に上手かったな。じいさんの立てた畝は美しかった」

「死に顔が穏やかだったもんなあ。寝顔みたいでさ。すっと逝けたんだろうな」

「さて、晩は寄り合いでいいんだな？」

「ああ」

「それじゃ、また」

村に着いて、それぞれの家に散らばって行く。

トルネラでは多くの場合、葬儀の晩は集まって酒を飲み、主神ヴィエナと祖先の霊たちの元に死者の霊を賑やかに送る。故人の思い出話に花を咲かせて、大いに泣いて笑うのがトルネラの流儀だ。尤も、事故や病気などの不慮の死を迎えた者の場合はこの限りではないが、大いに人生を謳歌した者が主神の元へと旅立つのは、悲しみであると同時に祝うべき事柄でもあるのだ。

子供たちはじゃれ合うようにして遊びながら、大人たちの数歩先を歩いている。グラハムはそっちに交ざって歩いていた。

ベルグリフに並んで歩きながら、パーシヴァルが小さく笑った。

「穏やかな死か。不謹慎かも知れねえが、いいもんだな」

「冒険者には中々難しいかもな」

「ああ。寝床で死ねれば上々だが、大抵は外で死ぬ。怪我や毒で苦しんでな」

荒んでいた頃のパーシヴァルは、数多くの修羅場を潜って来た事もあって、かなり凄惨な死の場面に何度も出くわしていた。そんな彼からすると、こんな風に穏やかに死を迎えられるのはとても羨ましく、またあまり実感の湧く事柄ではないようだった。カシムやサティも同じらしく、同意するように頷いている。

パーシヴァルは空を眺めながら目を細めた。

「俺は人間も随分斬った。悪人だけだった、と言いたいが今となってはどうだったのか……今みたいな気持ちの良い葬式を見ると、あの連中の事を思い出す。あいつらも死んでから思い出を話してくれる友達はいたんだろうか、とかな」

「オイラもだなあ。随分悪い事して来たなあって思うよ」

「……冒険者である以上、そういう事もあるさ」

「ベル、お前は人間を斬った事はあるか？」

「ああ。もう随分昔の話だが」

ベルグリフはそう言って髭を捻じった。

昔、ボルドー辺りから逃げて来た逃亡犯が村で暴れた時、止むに止まれず斬り殺した事がある。その頃はまだ義足にも慣れ切っておらず、従って手加減ができず、殺すしかなかった。今くらい体使いが上手くなっていれば、殺さずに取り押さえられたかも知れない、と今になって思う事もある。

剣を伝わって来る人の肉と骨を断つ感触は、魔獣のものとは違うように感じた。

ああしなくては自分や村人たちが危なかった、と理屈では分かるのだが、さっきまで動いていた人間が、自分の手で動かなくなったという事実に、魔獣からは感じなかった恐ろしいものを感じた。何より、袈裟に斬られてから絶命するまでの数瞬、相手の目に宿った生を渇望する光が、その後しばらくベルグリフを苛んだ。

「アンジェも、盗賊の討伐は何度かしたと言っていたよ。でも人を斬るのは気分が悪いって」

「それが普通だ。俺は慣れ過ぎた。碌なもんじゃねえ」

パーシヴァルは大きく息をついた。

「死んだら、本当に天国なんぞあるんだろうか。あったとしたら、俺に入る資格があるんだろうか、そんな事を考えちまうよ」

「死んだ事がないから分からないよ、俺には」

ベルグリフが言うと、パーシヴァルは吹き出した。

「そりゃそうだな。ったく、俺らしくもねえや」

「でも、その気持ち分かるよ。夢中になって走っていた時は振り返る暇もなかったけど……今になると思う事は沢山あるよね」

サティが言った。カシムが笑いながら頷いた。

「それがさ、年取ったって事なんだよ、きっと」

そうかも知れないな、とベルグリフは苦笑いを浮かべた。今までは歩いて行く道の方が長かったけれど、今は振り向いた時に見える道の方が長い。しかし前を行く子供たちは、これから行く道の方が遥かに長い。

ふと、前でマルがビャクに何か言っているのが聞こえた。

「どうしてうめちゃったの？」

「埋めたのは死んだからだ」

「しんだ？　ってなに？」

「死ぬってのは……あー……」

困り顔のビャクが答える前に、ハルがマルの肩を小突いた。

「お母さんといっしょだよ。土の下でねるんだよ」

「そっか。でもいつおきるのかな？　お母さんもまだおきないもんね」

「みんな、かなしそうだったね」

「ねると、かなしいのかな？　へんだね」

ベルグリフはドキリとした。あの子たちはまだ死とは何なのか分かっていないのだ。自分たちの母親がまだ眠ったままだと思っている。

ベルグリフはサティの方に目をやった。サティも口を結んで何とも言えなさそうにしている。いつか打ち明けなくてはいけない事なのだが、目の前の幸せに気を取られて、まだ言えていないのである。

言いあぐねているビャクに代わって、グラハムが口を開いた。

「死とは、この世界でのお別れの事だ」

あまりにハッキリした物言いに、ベルグリフたちは思わず息を呑んだ。

双子は不思議そうに首を傾げた。

「おわかれ？」

「しんだって？　ねてるんじゃないの？」

「そなたたちは魚を獲った事があるな」

「うん」

「川に行ってとったよ。じいじもいっしょ」

「獲った魚を、ベル……お父さんやサティが料理してくれただろう。動いていた魚が動かなくなる。それが死だ。死んだ者は二度と動かない。だから土に埋めるのだ」

要領を得ない顔をしていた双子だったが、二度と動かないという言葉に目を見開いた様子だった。

「にどと？」

「じゃあ……しんだらずっと会えないの？」

「お母さんもしんだの？　だからうめちゃったの？」

「にどと会えないの……？」

不安そうな双子の頭を、グラハムは優しく撫でた。

「そんな事はないのだよ。例えば、栗鼠が一匹死んだとしよう。栗鼠は分かるな？」

双子は頷いた。グラハムと森に行った時に、木の上を走る栗鼠を見てはしゃいだのだ。

「死んだ栗鼠の肉体はいずれほどけて土に還る。その土は木を育て、木はいずれ大きくなり、その枝の上で多くの栗鼠たちが遊び、子を育てるだろう」

「リスが……木になるの？」

「そうだ。その木がいずれ朽ちればまた土にもなり、誰かが薪として燃やせば煙になって空中を舞う。土は新たな命を生み、息を吸えば空気は私たちの体を巡る。だからそこにも、ここにも、古い時代の栗鼠が……死者たちがいるのだ。姿は見えず、声も聞こえぬがな」

「お母さんも……？」

「うむ。いつもいる。そなたたちの傍に……だから悲しむ事はない。その姿では別れたかも知れんが、すべての命は形を変え、いつも巡り続けているのだよ」

双子はグラハムの手を握って、辺りを見回した。

「お母さん、いるの？」

「わたしたちのこと、見てるのかなあ？」

「だったら、すごいね」

双子はやにわに後ろを向いて駆けて来て、サティに抱き付いた。

「サティ、お母さん、ここにいるんだって！」

「見えないのに、ふしぎ！」

サティは双子を抱き上げると、ぎゅうと抱きしめた。きつく閉じた目から涙がこぼれた。

「ごめんね……弱虫で……」

「どうしたの？」

「なんでなくの？　おなかいたいの？」

双子は驚いた様子で、サティの頭を撫でたり、こぼれた涙を指先で拭ったりした。サティは少しの間黙っていたが、やがて顔を上げて、くしゃくしゃの顔で笑った。

「ごめんごめん、ちょっとね……さ、早く帰ろ」

そう言って双子を抱き直して歩き出した。前で様子を窺うように待っていたシャルロッテやミト、

ビャクが、ホッとしたように踵を返す。

ベルグリフは立ち止まったままのグラハムに歩み寄った。

「グラハム、すまん。本当なら俺たちが言うべき事だったんだが……」

「すべてそなたたちが背負い込む必要もあるまい」

グラハムは口端を緩め、ぽんとベルグリフの背中を軽く叩いた。

「じいじには、じいじの役目がある。私を仲間外れにするな」

「……ありがとう」

グラハムはふっと目を伏せると、踵を返して歩き出した。パーシヴァルがふふっと笑った。

「すべての命は形を変えて巡る、か。そいつはいいな。天国に行くよりもそっちの方がいいのかも知れん」

「そうだね。オイラもその方がいいや」

カシムがからから笑って帽子をかぶり直した。

確かに、グラハムの言う通りに命は巡って行くのだろう。

森の木々は多くの朽ちた木の上にその命を重ねている。自分たちの体だって、他の命を食べる事で動いている。鹿のスープを飲めば、鹿は自分の一部になる。芋を食えば、芋も自分の一部になる。鹿や芋に至るまでに多くの命が連なって、その先端に自分がいる。

古い命は新しい命を育み、そして消えて行く。だが形を変えて巡って行くのだとしたら、きっとそこに終わりはない。思っていた以上に、生者と死者の境界というのは曖昧なもののように感じる。

ベルグリフは両手の平を見た。この体を形作っているのは、数多くの死者なのだ。そう考えると、自分たちの命というのは、単なるつなぎにしか過ぎないのかも知れない。大人たちは自分たちの技を磨き、大事にするべきものを深めて、次の世代へとつなげて行く。上の世代から自分へ。自分からアンジェリンへ。アンジェリンからさらに小さな子供たちへ……。

長い歴史から見れば、それはほんの瞬きに過ぎない事だ。それでも、その瞬きの中に何と沢山の愛おしさが詰まっている事だろう。

ベルグリフはそっと顔を上げた。

午後の分厚い光の中、抜けるような青空が光っていた。

書き下ろし

番外編

MY DAUGHTER
GREW UP TO
“RANK S”
ADVENTURER.

EX　たった一度のいつもの夜

オルフェンの都に砂埃が舞い立って、そこに陽の光が斜に差し込んでいる。きらきらした光の筋が立っているように見える。しかし行き交う人々はそんなものに目を止める事もなく、忙し気に往来を行き来した。

このところ、人の出入りが激しくなっていた。オルフェン周辺で魔獣の数が増えているらしい気配があり、冒険者が集まりつつあった。

魔獣は恐るべき人類の天敵であると同時に、有用な資材でもある。魔力を帯びたその肉体は、用途に応じて種々の使い道があり、需要はいくらでもあった。また単純に危険である為、討伐するだけで報酬が出る場合も多く、冒険者たちは魔獣との戦いを生業にしていると言って過言ではない。

「では、これで昇格になります。おめでとうございます、アンジェリンさん」

黄金のプレートをためつすがめつしながら、十六歳のアンジェリンは「どうも」と頭を下げた。

「いやあ、まさかその年でSランクなんてなあ……史上初レベルじゃない？　凄いなあ」

ギルドマスターのライオネルが飄々とした調子で言う。

「そうなの？」

「そうだよお、おじさんも昔はSランク冒険者だったけど、二十歳越してからだったもん。最近の若い子は才能があって羨ましいなあ」

「別にそういうわけじゃないけど……でも嬉しい」

アンジェリンはむふふと笑った。

Sランク。冒険者の格付けとしては最上位だ。十二歳でオルフェンに出て来て冒険者になり、四年でそこまで行き着いた。前例にないくらいの勢いらしいが、アンジェリンはあまりそういう事には興味がない。ただ、冒険者の最上位に行き着いたという事は、父であるベルグリフに胸が張れる。それが一番嬉しい事だった。

そう、アンジェリンが冒険者を目指したのは、ベルグリフの背中を追っていたからだ。トルネラという公国極北の村にあって、時折現れる魔獣相手に剣を振るう父の背中は、アンジェリンの憧れだった。

これで、やっとお父さんに並ぶ事が出来た。

アンジェリンはふんすと鼻を鳴らした。今ベルグリフと立ち合えば、一太刀くらいは当てる事が出来るだろう。子供の頃はまったく敵わなかったが、今ならばきっと敵う。そうなったら、強くなったと言って褒めてくれるに違いない。

冒険者になって、ベルグリフに追いつこうと一心不乱に走り続けていたアンジェリンだったが、こうやって一つの頂点に到達すると、急に父親に会いたくなった。トルネラに帰って、ベルグリフに直接報告したい。よくやったと褒めてもらいたい。

今は秋口だ。上手く帰れれば岩コケモモを食べられるかも知れない。故郷の家の暖炉の前で、ベルグリフと二人、オルフェンでの悲喜交々《ひきこもごも》を夜通し喋るのは、定めし楽しかろう。

アンジェリンは「ねえ」と言った。

「休暇って、取れるの？」

「え？　今すぐ？」

「うん……」

ライオネルは困ったような曖昧な笑みを浮かべた。

「今すぐはちょっと……高位ランク冒険者はさ、ある程度はギルドの意向に従って行動しなくてはならないって、伝えてあるよね？　今アンジェさんに抜けられると、ちょっと困っちゃうんだよね」

「それはそうだけど……」

「いや、勿論、そのうち休暇は受理するよ。でも、今すぐはさ、色々手続きもあるし」

「……まあ、いいよ。でも約束だからね」

ライオネルは「はは……」と曖昧に笑ったまま頭を掻いた。

○

「それで、結局それから一年以上帰れなかった」

アンジェリンがそう言うと、マルグリットがけらけらと笑った。

「そんな時期があったんだなー。前聞いた魔獣の大量発生の話だろ？　その頃おれがいりゃよかったのになー」

「だね。マリーがいたら全部押し付けてトルネラに帰ってたのに」

「いやいや、それでも追い付かなかったと思うぞ。結局ドルトスさんたちも引っ張り出したくらいなんだから」

とアネッサが言った。

いつもの酒場だった。南部への旅を含めた長い休暇を終え、マルグリットの昇格も済んで、いくばくかの依頼をこなした後の晩餐である。仕事終わりの解放感も相まって、既に幾杯も重ねた後であり、ミリアムなどはテーブルに顎を乗せて、眠そうに揺れていた。

やはりトルネラで酒席を囲むのとは違う。これはこれで悪いものではない。アンジェリンはグラスに少しだけ残ったワインを飲み干して、ふうと息をついた。

「あれから結構経った……つい最近のような気がするのに」

「まあ、あっという間だよな。マリーとも、会って一年くらいかな？」

アネッサが指折り数えながら言った。マルグリットも考えるように小首を傾げる。

「そうだなー、そんなもんだったっけな。おれが来たのは冬の初めだったから、一年以上は経ったと思うぜ」

思えば、アンジェリンがエストガル大公家に呼ばれている間、マルグリットはベルグリフと一緒にオルフェンにやって来たのであった。そうして一冬をオルフェンで共に過ごし、アンジェリンたちはトルネラに帰った。トルネラではミトを狙った古森の襲撃があり、それから『大地のヘソ』へと旅立ったのである。

旅の最中の事はまだ新鮮な気持ちで思い出す事が出来る。ヨベムの関所でティルディス馬を見た事、マンサでのシエラとの出会いと悶着、南に下る最中の盗賊との戦いや、遊牧民との交流、イスタフでダンカン、イシュメールと出会い、『大地のヘソ』を目指した事。パーシヴァルと一緒にア・バオ・ア・クーと戦った事。それから帝都での冒険と、実の母であるサティとの再会……。

アンジェリンは頬杖を突きながら、ほうと息を吐いた。ほんの一年そこその間に、驚くほど沢山の出来事が詰まっていると思った。

「冒険、したね……」

「面白かったよなー。東への旅も楽しくなりそうだよな。おれ、今からワクワクするぜ」

マルグリットは無邪気にそう言って、また蒸留酒をお代わりしている。ボトルで頼んで手酌で飲んで、もう七杯目である。エルフの白い肌がほんの少しだけ酒精で上気したように朱に染まっているが、酔ったという風には見えない。

過去に思いを馳せるほどに、ワインの酔いも手伝って、段々と記憶が昔の方に転がって行く。

アンジェリンはアネッサの方を見た。アネッサは皿に残ったソースをパンでぬぐっていたが、視線に気づいてアンジェリンを見返した。

「どうした?」

「パーティ組んだばっかりの時、一緒にお酒飲んだよね……」

「ああ……今のマリーみたいに、アンジェがどんどん飲むから驚いたな」

アネッサは思い出したように苦笑した。マルグリットが好奇心に目を輝かせる。

「そっか、お前らもパーティ組んだばっかりの頃があるんだよな。おれ、その話はまだ聞いた事ないや。どんなだったんだ？」

「うーん、そうだな……ちょっと恥ずかしいけど……」

とアネッサは困ったように笑った。アンジェリンも口端を緩ます。今となっては笑い話だが、当時は色々とあったのである。

○

Sランク冒険者の〝黒髪の戦乙女〟とパーティを組まないか？　とギルドから直々に打診があったのは、前に組んでいたパーティが解散してから少し経ってからだった。

「え、わたしとミリィが、ですか？」

「そうなんです。お二人はＡＡＡランクで実績も十分ですし、年も近いですから、上手くやれるんじゃないかと思いまして……現在はお二人だけで、パーティも組まれていないんですよね？」

「そ、それはそうですけど……」

アネッサは、寝耳に水の話に視線を泳がした。横に立つミリアムも目を白黒させている。

〝黒髪の戦乙女〟アンジェリンの事は、二人も知っていた。といっても一方的に知っているだけである。同世代だが二人よりも年下の十六歳、しかもたった四年でSランクまで上り詰めた天才であるから、嫌でも意識する。

アネッサは遠慮がちに口を開いた。

「でも、あの、そのアンジェリンさんは、一人でSランクまで行ったんですよね？　パーティを組む意思は、あるんでしょうか？」

通常、冒険者は数人でパーティを組んで活動する。高位ランクの冒険者でもほぼ例外はない。むしろ相手が高位の魔獣になればなるほど、前衛後衛の役割分担が大事になる。力を合わせて戦う事で、一人では倒せない魔獣も倒せるようになるのだ。アネッサもミリアムも、そうやってランクを上げてAAAまで行き着いた。

しかし、噂のアンジェリンは一度もパーティを組んだ事はないという。相手がどんな魔獣であっても、自身の剣一本で斬り伏せて来たらしい。まさしく規格外であり、だからこそ短い期間で最高位にまで上り詰めたのだろうと納得できる。

だから却ってパーティを組んでも上手くやれるのだろうか、と心配になった。いざ組んでみたとしても、邪険に扱われたり、足を引っ張ったりしては仕様がない。

受付嬢は「そうですね……」とちょっと考えるように言った。

「確かにアンジェリンさんはお一人でも強いですが……やはり一人ではできる事にも限界があるんです。ギルドマスターが仰るには、Sランク冒険者が相手取るような魔獣は、一人では難易度が段違いになるみたいですから、やはり後方支援や、別の前衛の方がいれば負担が減るらしいですね」

ギルドマスターのライオネルは元Sランク冒険者だ。当事者の弁だからその通りなのだろう。

「それに、ここ最近は強力な魔獣の発生が増えていて……アンジェリンさんがいくら強いといっても、一人で立て続けに戦っていては疲労も溜まってしまいます。だから、サポートが出来る方がいてくれると、ギルドとしても助かるんですが……」

と、受付嬢はすがるような目でアネッサたちを見た。

アネッサとミリアムは顔を見合わせた。

「どうする？」

「うー……そんな即答できないよぉ」

ミリアムは困ったように両手の指先をもじもじと絡ませている。人見知り、というわけではないが、彼女は獣人である事をあまり他人に知られたがってはいない。帽子の下に隠されている猫耳を見せるのが怖い、という思いは少なからずあるようだ。だが、そんな事を言っていてはパーティなぞ組めない、というのも分かっているから煮え切らないのだろう。

アネッサは腕組みして考え込んだ。

受付嬢が言うように、確かに最近は高難易度の討伐依頼が増えているように思われた。本来討伐依頼というのはそれほど多いものではない。あっても下位ランクの魔獣が出たとかいうものがほとんどである。

それが、ここのところは高位ランク冒険者が出ずっぱりというくらいに、強力な魔獣が発生している。噂の〝黒髪の戦乙女〟がいくら強いと言っても、やはり限界はあるだろう。アネッサたち二人も、別の冒険者と臨時のチームを組んで、幾度か討伐依頼に赴いた。しかしこのまま状況が改善せず、魔獣がさらに同時発生すれば、少ない人数で討伐に赴かねばならない状況になるかも知れない。そうなれば、後衛二人だけでは厳しくなって来る。

元々、アネッサとミリアムも、そろそろ新しいパーティを組みたいと思ってはいた。短剣も扱えるアネッサが暫定的に前衛の役目を担ってはいたが、それでは自分たちの強みが十全に活かせるとは言い難い。頼れる前衛は是非とも欲しい所だ。

ただ、それが自分たちよりも格上のSランク冒険者ともなると、腰が引けてしまうのも事実だった。頼りにはなるだろうが、果たして上手くチームワークが取れるだろうか。要らぬ心配かも知れないが、それでもアネッサの胸中には期待よりは不安の方が大きかった。ミリアムも同様だろう。

「えっと……少し時間をもらえますか？　考えたいので」

「ええ、勿論。色よい返事を期待しています」

それで二人はギルドを出た。アネッサは腕組みしたまま俯き気味に歩き、ミリアムは何となく呆然とした様子で宙に視線を漂わせていた。

「……Sランク、かあ」

ミリアムが呟いた。

「どうする？　断るか？」

「うーん……」

ミリアムは口をもぐもぐさせた。

「年下、なんだよね？　すらっとしてて、美人でさ」

「うん。でも、あんまり喋ってるところ見た事ないな」

同じギルドにいる間柄だから、アネッサもミリアムも、アンジェリンを見かけた事は何度もあった。たちまちランクを追い抜かれてしまった事に、軽い嫉妬を覚えた事もある。今でもそうかも知れない。自分たちの実力にある程度の自負を持っている分、素直に相手を評価できない。自負心と劣等感がないまぜになった奇妙な感覚が、二人の決断を鈍らしていた。

いつの間にか帰ったのだか、互いに気づかぬうちに家まで戻っていた。高位ランクになってから借りた家は、もうすっかり馴染んで住み心地のよい空間になっている。

焔石《ほむらいし》のコンロに薬缶をかけて、アネッサは呟いた。

「どんな子なんだろうな」

「分かんないよね。厳しいのかな？　求道者みたいな」

「うん……そういうのは、ちょっと得意じゃないよな」

「だね」

Sランク冒険者は文字通り格が違う。冒険者の間ではそれが定説だ。二人もAAAランクではあるが、AAAランクとSランクの間には、すさまじい隔たりがあると感じていた。ギルドマスターのライオネルはその感は薄いけれど、他のSランク冒険者はまとっている雰囲気が違うように思われたし、その強さには天賦の才能に加えてストイックな努力が感じられた。

命のやり取りをする職業だけに、ストイックな者は他人にもそれを要求する傾向がある。上まで上り詰めた者ならば猶更だろう。Sランク冒険者が求めて来るような努力と緊張感を、自分たちがやれるかどうか。

沸いた湯で花茶を淹れながら、ミリアムが言った。

「……やっぱり断る？」

「いや、でもなあ……」

アネッサは残っていた焼き菓子を皿に載せながら、嘆息した。

確かに不安は大きい。しかし同時に抗いがたい魅力もあった。二人も若い冒険者だ。まだ冒険心を失うほどではない。Sランク冒険者と組む事が出来れば、自分たちの知らない景色が見られるかも知れない。その事を想像すると、やはり胸は高鳴った。

二人は花茶をすすり、少し黙った。

仮に断ったとすれば、どうなるだろう。このまましばらく二人で活動しながら、前衛を探すのがいいだろうか。しかし、そうなった時、今回の話を断った事がずっと心残りになりそうな気がした。

〝黒髪の戦乙女〟。Sランク冒険者。最高の剣士。後衛を務めるのにこれ以上の前衛はいない。

アネッサは無言で、向かいに座るミリアムを見た。ミリアムはやや不安げにアネッサを見返したが、やがて小さく頷いた。

腹は決まった。後は、頑張るしかない。

二人はいつの間にかぬるくなった花茶を一息に飲み干した。

○

「……アンジェリン、です」

向かいに座った二人に、アンジェリンは小さく頭を下げて、言った。

「ア、アネッサです。よろしくお願いします」

「ミリアムです……」

どちらも目に見えて緊張していた。その緊張が伝染するかのように、アンジェリンも何となく体が強張っているような感じだった。というか、そもそも自分も緊張しているらしいという事が嫌でも意識されるようだった。

ライオネルが努めてにこやかに間に割り込んだ。

「まあまあ、そう緊張しないで。これから背中を預け合う仲なわけだしさ」

それはそうかも知れないが、今まで話した事もない相手では、どうしていいのかさっぱり分からない。アンジェリンは元々人付き合いのいい方ではないし、特にオルフェンで冒険者になってからは、毎日仕事に邁進して来た。時折父親であるベルグリフと手紙のやり取りをするのが楽しみだったくらいである。

尤も、実力のある冒険者が興味を持って話しかけて来る事は何度かあった。既に引退しているが、〝撃滅〟の異名を持つチェボルグや、〝しろがね〟のドルトスなど、オルフェンの冒険者では重鎮の地位にある老人たちとも懇意である。

しかし、そういった相手とは歳の差がある分だけ、孫に接するように可愛がってくれる。だからアンジェリンもあまり気負わずに付き合う事が出来たが、こんな風に同年代の相手を、ましてオルフェンという都会育ちであろう女の子などを前にすると、何を話せばいいのか分からない。

ライオネルの仲立ちもむなしく、女子三人は互いにもじもじと視線をさまよわせるばかりで、ちっとも埒が明かない。じれったそうにしていたライオネルが、急に思いついたようにぽんと手を打った。

「そうだ、とりあえず親睦を深める為にも夕飯でも食べに行ったらどう？　おススメの店とか紹介し合ってさあ」

アンジェリンはアネッサとミリアムとを見た。二人ともどうしようかという顔をして、互いに顔を見合わせたり、アンジェリンの方を窺ったりしている。

「……じゃ、そうする。行こ」

アンジェリンが立ち上がると、二人も慌てて立ち上がってついて来た。ライオネルが慌ててその背中に声をかけた。

「明日は早速頼みたい仕事があるからね！　よろしくね！」

ギルドを出ると、夕日が射していた。アンジェリンが近場で討伐依頼をこなして来た後での顔合わせだったから、こんな時間になったのである。夕暮れの買い物に出る人の波で、往来はごった返していた。暮れかけた町に吹く風はすっかり冷たくなっている。

「どこか、行きたい所ある……ますか？」

変な敬語でアンジェリンが言うと、アネッサが緊張気味に答えた。

「い、いえ、どこでも……」

ミリアムは黙ったまま頷くばかりである。アンジェリンはふうと息をつくと「じゃあ、こっち」と歩き出した。素っ気ないかなと思いつつも、愛想よく接するというのがどうにも出来ない。

馴染みの酒場に入ると、少しホッとした。人でざわざわしている。ちょっと振り返ると、アネッサもミリアムも店の中を見回していた。

店内は混んでいたが、何とかテーブル席を見つけて座り込んだ。

「ここ、知ってる？」

「い、いえ、初めてで……」

「賑やかですねー」

きょろきょろと辺りを見回しているミリアムを見て、アンジェリンは口を開いた。

「……帽子、取らないの？」

「えっ、あっ、その……」

ミリアムはやや怯えた様子で帽子の縁を両手でつかんだ。

「……無理に取らないでもいい。ただ、食べにくくないかなって思って」

「な、慣れてるんで、平気ですよー」

とミリアムはおどけたように言ったが、緊張しているらしいのは明らかだった。

アンジェリンの方も、アネッサとミリアムの二人の方も、互いに出方を窺っているような節があって、どうにもやりづらくて仕方がない。アンジェリンは手を上げて、カウンターの方に大きな声を出した。

「マスター、ワイン。グラス三つ……あと鴨肉のソテーとチーズ。ピクルスと揚げ芋。何か食べたいもの、ある……？」

「お……お任せします」

「そう……あとソーセージ。マスタードいっぱいつけて」

先にワインが運ばれて来た。木のグラスに注ぎ分けて、それぞれの手に渡る。

「……よろしくね」

「よ、よろしくお願いします」

「か、かんぱーい」

かちん、とグラスを合わせた。アネッサとミリアムは緊張感からか、ほんの少し口をつけただけだったが、アンジェリンは一息で飲み干して、すぐ次を注ぎ、それもあっという間に飲んでしまった。二人は目を丸くした。

「お酒、好きなんですか？」

「……まあ、うん」

本当は場が持たないから、飲んで胡麻化しているだけである。酔いが回れば、舌も回り出すのではないかという淡い期待もある。思った以上に喉が渇いていた事もあって、ワインは無暗にうまかった。アンジェリンは杯を重ねてやや頬が朱に染まった。そうこうしているうちに料理も運ばれて来て、急にテーブルの上が賑やかになった。しかし会話が弾むわけでもない。

「……パーティ組むの、初めて」

とずっと黙って飲んでいたアンジェリンがいきなり言った。アネッサが慌てて口を開く。

「そ、そうなんですね……えっと、ずっと一人で？」

「うん……二人は……一緒に活動してたの？」

「はい。パーティはいくつか組みましたけど、こいつとはずっと一緒で」

「仲良しなんだね……」

「あはは、腐れ縁というか、そういう感じですね……」

「……食べて食べて」

運ばれてきたまま手つかずの料理を、アンジェリンが二人の方に押しやった。二人は遠慮がちに、しかし少し緊張が取れた様子で口に運んだ。腹は減っていたし、どれもうまいので、しばらく食べたり飲んだりしていると、アンジェリンが二本目のワインを注文した。

「明日、初仕事だね……」

「そ、そうですね。あの、足を引っ張らないようにしますから……」

アネッサがそんな事を言うので、アンジェリンは目をぱちくりさせた。

「……自信ないの？」

「え？　い、いや、そんな事ありませんけど」

「うん。それならいい……信用してる」

アンジェリンはそう言って、またぐいとグラスを干した。二本目のワインはいつの間にか半分なくなっている。アネッサは何となくうろたえた様子で、やや上目勝ちにアンジェリンを見た。

「その……戦っている時に必要な援護って、何かありますか？」

「ん……むしろ、どういう風にサポートしてもらえるの？　わたし、パーティ組んだ事ないから、その辺りよく知らない……でもきっといいんだろうなって思ってる」

何となく目の据わって来たアンジェリンを見て、アネッサは息を呑んだ。

「わ、わたしは射手なんで……ええと、後ろから前衛を援護したり、周囲を索敵したり……」

「そう……助かる。わたし、そういうのあんまし得意じゃないから……」

「え、それじゃあ一人の時はどうやって？」

「一人でゆっくり進んで索敵して……援護はないから、あんましいっぱいの魔獣と一気に戦うのは避けてた。でも強い魔獣は大体数が少ないし、一対一ならまず負けないから……」

とんでもない事を言い出すアンジェリンに、アネッサが口端をひくつかしている。ミリアムはぽかんと口を開けていた。アンジェリンはまたグラスを干すと、手酌でお代わりを継ぎながら呟いた。

「でもやっぱり一人だと疲れる……あなたたちがいてくれると嬉しい……」

「そ、そうですか？」

「うん……それに、こうやって友達みたいに一緒に飲めるのは、楽しい……」

アネッサはちょっと表情を緩ました。ミリアムも照れたようにはにかんでいる。

確かに酔いが回って舌も回るようになって来たらしい。しかし同時に視界も回り始めて来た。アンジェリンはそれからもしばらくむにゃむにゃと何か言っていたが、やがて視界が暗転した。

○

十二杯目の蒸留酒を持ったマルグリットが、呆れた様子でアンジェリンを小突いた。

「たったのワイン二本で潰れたのか？　情けねーぞ、アンジェ」

「マリーと一緒にしないで欲しい……それにペースも早かったし」

「お互いに緊張してたんだよな、あの時は。こっちはアンジェが怒ってるのかと思って、何か怖かったんだぞ」

とアネッサが笑いながら言った。アンジェリンはふふっと笑う。

「だって、どうしていいか分からなかったんだもん……アーネもミリィも全然喋ってくれないし……」

「いや、下手な事言ってこじれると嫌だなと思って……今思えば無駄な気遣いだったけどさ」

「アンジェなんかに気後れしてたのかよ。だせーなー、はは」

からからと笑うマルグリットを見て、アネッサは口を尖らした。

「お前こそ、最初にトルネラに来た時はベルさんにツンケンしてたらしいじゃないか。人の事言えないだろ」

「うわわ、その話はやめろよ！　恥ずかしいだろ！」

マルグリットは頬を染めてアネッサを小突いた。その時ミリアムが急に跳ねるように起きた。

「ほにゃー」

「わっ、なんだ？」

しかし当のミリアムの方も、困惑したように目をぱちくりさせている。

「……あれっ、今わたし寝てた？」

「なんだ、寝ぼけただけか。大丈夫か？　帰るか？」

アネッサに頬をつつかれて、ミリアムはにゃあと言った。

「まだ飲むよう。夜はこれからでしょー」

「最初に潰れてたくせによく言うよ……」

「お、飲むかー？　おれの分けてやろうか」

マルグリットがそう言って、蒸留酒のボトルを差し出した。ミリアムはワイングラスでそれを受けて、ワインのつもりでくいと傾け、大いにむせ返った。

「げほっ、げーっほ！　きっつう！　なにこれ！」

「あっはっは、何やってんだよ」

とマルグリットはけらけら笑いながら、事もなげにグラスの蒸留酒を干した。ミリアムはしばらくふにゃふにゃと何か言っていたが、やがてまたテーブルに突っ伏してぐうぐう言い出した。

「また寝た」

「しょうがない奴だな、まったく」

　とアネッサがずり落ちかけた帽子を直してやった。マルグリットはボトルから蒸留酒を注ぎながら、アンジェリンを見た。

「で、どうなったんだよ」

「何が？」

「さっきの話だよ。アンジェお前、酔い潰れてそのままぶっ倒れたんだろ？」

「ああ……えっとね」

○

　寝床に転がっているアンジェリンを見てから、アネッサとミリアムは顔を見合わした。

「……よかったのかな、連れて来て」

「んー……でもほっとくわけにもいかなかったし……」

　酒場でしこたま飲んでひっくり返ったアンジェリンを、二人はひとまず自宅に連れ帰って来た。送って行こうにもアンジェリンの家の場所は知らないし、かといってこれからパーティを組むというのに店に放って行くわけにもいき兼ねる。あの酒場はアンジェリンの馴染みだというから、置いて行ってもよかったのかも知れないが、それで後日、依頼を共にした時に関係がこじれるのが嫌なように思われたのである。

それに二人よりランクが高いとはいえ、アンジェリンは年下の少女である。どれだけ強いとはいっても、酔っ払いの荒くれの中に酔い潰れた状態で残して行くのは流石に気が引けた。

「でも……そんなに怖い感じじゃなかったな」

「だね。まだちょっと、分からない所もあるけど」

ミリアムはそう言ってアンジェリンを見た。アンジェリンはくったりとしたまま目を閉じている。頬は朱に染まり、艶やかな黒髪が額から鼻筋を通って顔の上にかかって、顎まで垂れている。運び込んで寝かしてから、一度寝返りを打ったきりちっとも動かない。しかし胸が上下しているから、死んでいるわけではない。ぐっすり寝込んでいるのだろう。

寝かしたのはアネッサの部屋の寝床である。武器や荷物などの持ち物は、まとめて寝床の脇に置いておいた。二人は居間に出て、椅子を引き出して腰かけた。

「緊張、してたのかなあ？」

とミリアムが言った。アネッサは頷いた。

「かもな。潰れるくらい早く飲んでたわけだし……そう考えると、何か可愛いな」

「ね。寝顔も可愛かったしね」

二人は顔を見合わせてくすくす笑った。

「アーネ、今日はどうする？　昔みたいに一緒に寝る？」

「お前は寝相悪いから嫌だ。ソファで寝るよ」

いつも横目で見ていた〝黒髪の戦乙女〟は、想像していたような人物とは少し違うらしかった。

若くして最高位に上り詰めるくらいの実力者だから、ストイックな求道者か、あるいは他者を見下した態度を取るような者ではないか、と邪推していたのだが、先ほどまで共に酒席を囲んでいたのは、年相応の少女であった。

そんな風に見てみると、彼女に抱いていた嫉妬心みたいなものも、不思議と融解して行くように思われた。勿論、まだ短い時間を共にしただけであるし、そもそも冒険の場を一緒にした事はない。全幅の信頼を置くという段階には当然至っていない。本人不在であれこれ言うのは出来るけれど、まだ面と向かって堂々と話が出来るような気はしなかった。明日は早速初仕事だが、それ次第で今後の展開は決まって来るだろう。

アネッサは思い出したように弓を取り出して手入れを始めた。ミリアムは手持無沙汰気味に手をこすり合わせていたが、やがてふうと息をついて、瞑想するように目を閉じて呼吸を整え始めた。

二人がいた元々のパーティでは、前衛が二人、それに後衛にもう一人魔法使いがおり、そのメンバーでＡＡＡランクにまで昇格した。個人個人の技量というよりも、パーティ全体の功績を評価された形であったが、それでもアネッサもミリアムも、個々の実力も高位ランクにふさわしいものである。自惚《うぬぼ》れてはいないが、自負はある。失望されるのだけはご免だった。

そんな風に夜が更けて行き、翌朝最初に目覚めたのはアンジェリンだった。見知らぬ部屋で目を覚ました事に混乱しかけたが、寝床の脇にまとめてあった自分の荷物を持って居間に出て、ソファでアネッサが寝息を立てているのを見て、どうやら彼女たちの部屋に連れて来てもらったらしい事が呑み込めた。

「……飲み過ぎた」

アンジェリンは自分のこめかみを手の平でぽんぽんと叩いた。二日酔いに近い不快感が胸の奥と頭の中に残っている。このままでは仕事に支障が出そうだが、今回の仕事は少し離れた町の近郊に出現した魔獣の討伐である。移動中に体調は戻るだろうとアンジェリンは楽観した。

水が飲みたいなと思いつつも、他人の家だから勝手をするのも悪いかなと思って、もじもじしていると、アネッサが「んん」と言って身をよじり、それからむくりと上体を起こした。髪の毛がくるくると跳ね散らかっている。

寝づらいソファで寝ていたせいか、アネッサはやや寝が足りなさそうな顔をして、ぼりぼりと頭を掻きながら、辺りを見回し、アンジェリンに目をとめて、ドキリとしたように顔を強張らせた。

アンジェリンは小さく会釈した。

「……おはよ」

「え、あ……お、おはようございます」

アネッサは慌てて寝癖を抑えるように髪の毛を撫でつけながら、アンジェリンに頭を下げた。

「昨日は……どうもありがとう」

「いえ、これくらい……」

アンジェリンは改めて居間を見回した。整頓されている、というほどではないが、目に見えて散らかっているわけでもない。生活感のある、普通の家といった感じだ。別段珍しくもない筈なのだが、トルネラではともかく、オルフェンでは他人の家に入る事のなかったアンジェリンには、何だか新鮮な光景に映った。

「あの、魔法使いの人は？」

「ミリィ？　あ、ミリアムですか？　まだ寝てるかな……」

アネッサはそう言いながら起こしに行こうと立ち上がったので、アンジェリンは慌ててそれを制した。

「いい、別に急がないで。あの、お水を一杯もらってもいい？　ですか？」

「あっ、はい」

コップに水を汲んでいるアネッサを見ながら、アンジェリンは口を開いた。

「ミリィって呼んでるの？」

「え？　あ、そうですね。愛称で……」

「そう……」

水を受け取り、一息で飲み干した。大変うまい。体に染み渡るようである。アンジェリンはふうと息をついて、自分の身なりを確認した。武器も荷物もある。このまま依頼の為に出かける事が出来そうだ。一度部屋に戻る必要もないだろう。窓の外はまだ午前中の陽の具合である。

「準備が出来次第、出かけようかな……」

「そうですね。魔獣が町に被害を出す前に仕留めないと……ミリィ！　起きろ！」

アネッサはそう言ってミリアムの部屋の戸を叩きながら、アンジェリンに座るよう促した。向かいに座ったアンジェリンに、アネッサはやや緊張気味の視線を向ける。

「それで、あの、装備の点検をしたいんですが」

「うん……今回は甲殻地竜。炸裂玉とか目つぶしとかあったらいいって聞いてるけど、でもわたし、どっちも持ってない……持ってる？」

「あります。それに最悪の場合ミリィ――アムの魔法で代用出来ますから」

話しているうちに、ミリアムも起き出して来た。元々癖のある髪の毛が、寝起きでさらにくるくると跳ね散らかっている。それを無理やりに帽子で押さえつけているような格好である。

「お、おはよー、ございます」

「おはよ……昨日はありがと」

「い、いえいえー」

昨晩の寝姿を可愛いと思っていても、起きた時のアンジェリンの不愛想な顔つきには、やはりちょっと気後れするらしく、ミリアムも緊張気味のまま卓を囲む事になった。

言葉少なく互いの持ち物を確認し、荷物をまとめ、出かけた。町は相変わらずの人出で、ざわざわと騒がしいけれど、魔獣の数が増えているせいか、単に明るく賑やかというよりは、どことなく不安げな空気も感じられるようだった。

乗合馬車で向き合いながら、アンジェリンはぽそりと言った。

「……頑張ろうね」

二人は真面目な顔をして頷いた。

○

夜も更けて、酒場を出た四人は、思い出話の切れ目がないまま、結局アンジェリンも一緒になってアネッサとミリアムの家へと戻った。ミリアムは既に酩酊して久しい。それを一番元気なマルグリットがおぶって帰って来た。

居間の明かりを点け、ミリアムを部屋の寝床に転がした。アネッサは薬缶をかけて、マルグリットはソファに腰かけた。アンジェリンは欠伸をしながら椅子を引き出して腰を下ろす。

「こんな感じで、わたしも連れて来てもらったと思う……」

「なるほどなー。で、初仕事はどうだったんだよ」

マルグリットが言うと、アネッサが苦笑した。

「依頼は完遂したけど、正直パーティとして上手く行ったとは言えなかったな」

「だね……アーネもミリィも何となくやりづらそうだったし、わたしもどうしていいか分かんなかったし……」

アンジェリンは当時の事を何となく思い返した。

甲殻地竜は、硬い殻をまとった亜竜の一種で、飛行はしないものの、太い手足で地面を突き進んで来るパワーファイターである。その特性から剣士とは相性が悪いのだが、アンジェリンは素早い身のこなしで、殻の隙間を狙って幾度も刺突を繰り出し、時間こそかかったが、危なげなく仕留めて見せた。

「後になって思えば、ミリィに魔法を撃ってもらえばすぐだった……」

剣士との相性は悪いが、魔法に強いわけではない為、アンジェリンが前で戦い続けるよりも、ミリアムが『雷帝』でも撃てば一撃であったろう。アンジェリンが地竜と近接して戦い続けていた為、ミリアムも魔法が撃てなかったと後になって知った。

マルグリットが面白そうな顔をして、言った。

「変だなあ。お前ら、作戦立てたりしなかったのか？　アーネとか、しっかりしてるじゃん」

アネッサがポットに湯を注ぎ入れながら、言った。

「そうだな……例えば隊商護衛とか、合同の依頼で急造チームを組む時は、それなりに作戦も組めるんだけど、あの時はギルドからの頼みでパーティを組んだっていうのもあったし、アンジェの事がまだよく分かってなくてさ。あまりわたしが出過ぎた真似をすると駄目かなって思ったし、それでパーティが駄目になったら、ギルドからもいい顔されないかなって思って……」

それまでアネッサたちが組んでいたパーティでは、リーダーはいたけれど、メンバーの地位は対等だった。だから自由にものが言えたし、物怖じする事もなかった。

しかしアンジェリンはSランクであり、自分たちよりも格上だ。だからアネッサも遠慮してあまり積極的に作戦を立案しなかったらしい。アンジェリンが思い出したように頬を膨らました。

「わたし、パーティ組んだ事ないから分からないって言ったのに……」

「悪かったってば」

アネッサは苦笑しながら花茶のカップを押しやった。

「今となっては馬鹿な心配してたなあって思うけど……あの頃は本当に分からなかったんだって。全然付き合いのない人間とパーティを組むっていう経験はなかったしさ。しかも無表情だし、口数は少ないし、格上だけど年下だし……正直、今まで会った人間の中で一番どう付き合っていいか分からない奴だったんだよな、アンジェは」

アンジェリンがむうと口を尖らした。

「わたしだって緊張していたのだ……」

「うん、そうだな。そうだって分かってからは、気分が楽になったよ。思い返せば笑い話だけど、当時は夜な夜な不安になってたなあ」

「……ギルドマスターのせいにしとこ」

「ライオネルなー。その頃からダメダメだったんだなー」

マルグリットが言うと、アンジェリンもアネッサもくすくす笑った。

花茶を飲むと、酒で痺れた頭の奥がすっきりするような心持だった。春になったとはいえ、まだ夜は肌寒い。温かい飲み物はおいしい。

アンジェリンがぼんやりと天井からぶら下がったランプを眺めていると、アネッサが言った。

「アンジェ、泊まって行くんだろ？」

「うん……適当に寝てく。明日はお休み」

あの頃のように、連日魔獣討伐に引っ張り出されはしない。あくせく仕事を受けずとも、一回の収入の大きい仕事を好きな時に受ける高位ランク冒険者の生活だ。

マルグリットがソファに寝ころびながら、言った。

「なあ、話聞く限りじゃ、お前らギクシャクしてたんじゃん。それがどうして上手くやれるようになったんだ？」

アンジェリンとアネッサは顔を見合わせた。

「んー……どうだったっけ？　マリーみたいに分かりやすくなかったかも……」

「ああ、マリーは森でミトに突っ込んで返り討ちに遭ったんだっけ。それでベルさんに慰められて」

「わーっ、その話はやめろよぉ！」

慌てるマルグリットを見て、二人はけらけら笑った。

騒いでいると、不意に向こうの部屋からミリアムがふらふらと出て来た。眠そうな目をこすって、おぼつかない足取りで歩いて来る。そうしてソファの上にぽふんと倒れ込んだ。のしかかられたマルグリットが「わあ」と言った。

「なんだよ、何やってんだよ」

「いつ帰って来たのー……？　んー……」

まだ酔いはちっともさめていないらしい。ミリアムはマルグリットを抱き枕にするようにして、ソファの上でまた目を閉じた。そうしてごろごろ言っている。寝ているらしい。マルグリットは呆れたような顔をしていたが、やがて諦めてミリアムの猫耳をもてあそんだ。手触りがいいので、触っていても面白いらしい。

それを眺めて、アンジェリンが思い出したように言った。

「初めてミリィの耳触った時、凄く楽しかった覚えがある……」

「ああ、そうだっけ。ミリィはびくびくしてたけど……あれですっかり打ち解けたかもな」

「うん。獣人差別とかわたしは全然知らなかった……可愛いし、いいなーって思って」

「そういや、トルネラでベルさんも似たような反応だったもんな。おかげでミリィのトラウマも随分薄れたみたいだったよ」

「ああ、あれか？　耳が寒いって話か」

マルグリットがミリアムの耳をぴこぴこと動かしながら言うと、そうそうとアネッサとアンジェリンは笑い合った。

「流石親子……でしょ？」

「だな」

「つーか、結局きっかけはあったんじゃねえか」

「いや、それまでに仲良くなってはいたんだよ。何だかんだ毎日顔合わせてたし、それにわたしらもアンジェも、パーティに前向きだったからな。どっちかが嫌々だったら、多分続かなかったと思うぞ」

一応ギルドに頼まれた形であるとはいえ、アンジェリンもアネッサたちも嫌々パーティを組んでいたわけではない。どちらも出方を窺いつつであった事は否めないが、それでもそれなりに何とか上手くやろうという風に努力はしていたのである。

仮に、あの頃魔獣が大量発生していなければ、仲良くなるのも遅くなっていたかも知れない。日常の四方山話も親睦を深めるには大事かも知れないが、冒険者同士は、共に肩を並べて戦う事が一番の対話になるのかも知れない。現に、そうやって戦いを重ねた事により、後衛二人はアンジェリンの事を理解したし、アンジェリンも二人の役割と性格を理解した。その上で、戦いの後にそれを振り返って話をすると、共感が友情を深めてくれた。尤も、大好きな父親や故郷へ話が及ぶのは随分経ってからだったが。

思い返せば、あの時はあんなに嫌だった魔獣の大量発生が、こうやって人間関係に一役買っていてくれた事に気づく。結果論かも知れないが、無駄な出来事などなかったと思う。

アンジェリンはまた花茶を一口すすった。

「結局、なるようにしかならないもんね……」

「なんだベルみたいな事言いやがって」

とマルグリットが言うと、アンジェリンは急に顔を輝かした。

「お父さんみたいだった？」

「え、あ、お、おう」

「そっか……ふふ、ふふふ……」

アンジェリンはにまにま笑いながら、テーブルに顎を乗せた。

トルネラで冬を越している間、ベルグリフたちの思い出話は夜のお供だった。暖炉の前で寄り添うようにして、彼らがかわるがわる語る昔話に夜が更けるまで耳を傾けていたものだ。

アンジェリンたちはパーティを組んで四年は経った。ベルグリフたちはほんの一、二年程度一緒にいただけだ。それでも話は尽きなかった。下手をすると、自分たちよりもよほど密度の濃い時間を過ごしていたのではないか、とアンジェリンは思った。

いつか、自分たちがベルグリフたちと同じ年齢になった時、今の思い出はどんな風に残っているのだろう。ベルグリフたちがパーティを組んでいた時の倍以上の時間を共に過ごしているこの友人たちとの悲喜交々を、愛おしい思いで語れる時が来るのだろうか。想像しようとしても、まだまだアンジェリンには無理そうだった。

マルグリットが大きく欠伸をした。アンジェリンも何となく瞼が重い。アネッサが立ち上がった。

「寝るか。冬のトルネラみたいに夜更かし出来なくなったな」

「うん……昼間いっぱい働くと、夜は眠い」

「んじゃ寝よーぜ。おいミリィ、しっかりしろよ。自分のベッドで寝ろっつーの」

それぞれに立ち上がって、居間を行ったり来たりしている。

こんな時間がいつまでも続けばいい、と思う時は沢山ある。しかし実際はいつまでも続く事などありはしない。思い出を的皪《てきれき》と輝かすには、ただ漫然と過ごすだけではいけないのかも知れない。そうなると、この瞬間を愛おしく思えるならば、きっと未来に残る思い出もいいものだろう。

明日はどうしようか。四人でどこかへ遊びに出かけようか。

ソファに寝転がりながら、アンジェリンの思考は取り留めもなくもつれて広がり、転々としているうちに、根拠はないけれど今夜の夢は心地よさそうだ、と思った。

宵闇が町にかぶさっている。
いつもの夜。けれど一度きりの夜が更けて行く。

あとがき

後書きというのは書くのが面倒くさい。読む方も面倒だろうと思っているのだけれど、かならずしもそうではないらしい。物語の中では澄ました顔をしている作者が、物語という体裁の外側でどんな失言をこぼすのかという興味があるのかも知れないが、門司柿家に関しては元々碌な事を言わないのもあるから、大して面白くもあるまい。

それはともかく十巻である。ついに二桁に到達した。

十巻となると単純計算で百万文字前後という事で、それだけの物語を紡ぎ、文字を書き連ねて来たのかと思うと我ながら大したものだと思うし、それ以上にその文章にここまで付き合ってくださっている読者諸賢の忍耐には舌を巻く。ありがとうございます。

作者の文章のつたなさは、相変わらずtoi8さんのイラストが見事に補完してくださっていて、想像の及ばぬ範囲は、おそらくそちらで十分に補っていただけるものであると思う。表紙からして幸せなムードが満載である。発刊予定が四月なのもあるから、春爛漫といった風でなんだか目出度い。幾度となくベルグリフの腹を刺そうと試みて来た作者であるが、こう完膚なきまでに幸せになられてしまうと、もう降参する他あるまい。無念。

それにしても、この物語を書き始めてからもう三年以上が経つ。インターネットに投稿したのが二〇一七年の秋だから、今年（二〇二一年）で四年が経つ事になる。それだけの時間を一緒に過ごしていると、何だかいるのが当然のような感じがする。書き始めた当初に何を思っていたのか、再確認しなくては忘れかける事もしばしばである。長い時間が過ぎると妙に過去の事を思うものらしいのは、作中でのベルグリフ氏を見ていると分かる。

そんな当小説も、次巻で最終巻となる。彼らの物語は少しずつ収束し、何とか行きつく所まで行ってくれるらしい。最後の一巻を残して打ち切られる事態になったとしたら、それはそれで面白いけれど、どうせならば最後まで本という形で出せると綺麗だと思う。

今巻は特に大きなドラマはない。いわゆる息抜きの回であり、ここまでに慣れ親しんだキャラクターたちが銘々に日常や非日常を送って行く様をご覧いただく巻である。それが面白いのかどうだか、作者にはイマイチ分からないのだけれど、なるべく登場人物たちの見る風景や感じた事柄を詳細に描写するように心がけた。読者諸賢がトルネラないしオルフェンにいるかのように感じていただけたならば有難い事である。

色々な事があって世の中が窮屈である。しかし心の中はいつも自由でいられる筈なので、この物語が皆さんの感受性を刺激し、思考や想像の広がりの一助となっているならば大変光栄に感ずる。

次は十一巻で最終巻である。是非とも最後までお付き合いいただけると嬉しい。

二〇二一年三月吉日　門司柿家

2021.吉日
to.8
ヤクモさんの
デザイン個人的に
お気に入りです!

冒険者になりたいと都に出て行った娘がSランクになってた　10

発行 ―― 2021年4月15日　初版第1刷発行

著者 ―― 門司柿家

イラストレーター ―― toi8

装丁デザイン ―― ムシカゴグラフィクス

発行者 ―― 幕内和博

編集 ―― 今井辰実

発行所 ―― 株式会社 アース・スター エンターテイメント
〒141-0021　東京都品川区上大崎 3-1-1
目黒セントラルスクエア　7F
TEL：03-5561-7630
FAX：03-5561-7632
https://www.es-novel.jp/

印刷・製本 ―― 中央精版印刷株式会社

ISBN 978-4-8030-1512-6